Ein (zweifelhaftes) Vergnügen

Ein (zweifelhaftes) Vergnügen

Eric Parisse

Kurzgeschichten

Impressum:

© 2010 Eric Parisse
Herstellung und Verlag:
Books on Demand GmbH, Norderstedt

ISBN 978 3 839 13742 0

Bibliografische Information der Deutschen Nationalbiliothek:
Die Deutsche Nationalbibliothek verzeichnet diese Publikation
in der Deutschen Nationalbibliografie; detaillierte bibliografische
Daten sind im Internet über http:/dnb.d-nb.de abrufbar.

Abgetrieben

Vornüber gebeugt, seine Arme aufgestützt auf dem sonnenwarmen Stahlrohr, hing er über der Reling. Beinahe schwerelos, so, als wollte er ausbalancieren, ob ihn die Schwerkraft eher auf den zementfarbigen Stahl des Decks, oder doch eher in die malende Gischt des Kielwassers ziehen würde. Ein leichter Stoß oder ein bedeutungsloses, unabsichtliches Wegkicken der Beine, und das graugrüne, zeitlos schwappende Ungetüm acht Meter unter ihm hätte ihn ohne viel Aufhebens in seinem Schoss verschlungen.

Aber es spielte so oder so keine Rolle. Solcherart Gedankenspiel entzog sich seinem bewussten Denken seit er hier stand. Er stierte auf die Wassermassen hinunter, die sich vom Schiffsrumpf brachial aufgepflügt, in zwei schaumtreibende Wellenlinien teilten und sich wie Kufen hinterher zogen. Doch sein stumpfer Blick nahm nichts von diesem Schauspiel wahr, auch das lebhafte Geschnatter einer Gruppe Passagiere, die es sich auf dem Deck hinter ihm an einem Tisch bequem gemacht hatte, ging ihn nichts an, genau so wenig, wie das Federvieh, das in einem beutegierigen Schwarm laut kreischend um Aufmerksamkeit wetteiferte.

Als er vor einer Stunde an Bord dieses Schiffs gegangen war, wusste er nicht warum er das tat – und jetzt erst recht nicht. Nicht eine Sekunde hatte er darüber nachgedacht. Mechanisch hatte er Schritt für Schritt auf die Anlegestelle zu gesetzt, war über den schmalen Zubringer gelaufen und im hintersten Winkel des Hecks an der Reling gelandet. Der Brief, den er in der Jackentasche trug, war bestimmt nicht dieses Anlasses würdig – nicht um einen Ausflug wie diesen zu machen. Er wollte eigentlich nur raus aus den vier Wänden – weg, weit weg von dieser verreckten Bude, wo sich jede Kaffeetasse an sie erinnerte und wo sie sich mit ihrem Vanillegeruch in jeden Winkel verkrochen hatte. Der Brief hatte auf dem Bett gelegen, penibel gefaltet wie das nach Vanillepudding und Liebe riechende Bettlaken. Er war nur rasch zur Bäckerei gelaufen um Frühstück zu besorgen und als er wieder in das Schlafzimmer trat um sie mit einem sanften Kuss zu wecken, war sie verschwunden. Stattdessen lag der Brief da. Die Matratze war noch warm als er sich darauf setzte und es schien, als wolle sie ihm mit ihrem höhnischen Gequietsche das nächtliche Intermezzo noch einmal in Erinnerung rufen.

Trotz der Eile, in der sie gewesen sein musste, las es sich wie eine Kurzprosa in Schönschrift: *„Liebster Daniel, ich weiß, wie weh ich dir jetzt tue, doch es muss sein – ich muss gehen – jetzt sofort und wohl auch endgültig! Es tut mir Leid, dass ich es dir nicht selber sagen konnte – aber du weißt ja, mein Mut reicht in solchen Dingen nicht sehr weit. Du hast es mir nicht leicht gemacht, denn die Zeit mit dir war wunderschön, aber du wirst mich verstehen – vielleicht nicht jetzt, aber irgendwann, wenn du darüber hinweg bist. Ich habe jemanden kennen und lieben gelernt und fühle, dass wir zusammengehören – lass mich meinen Traum leben … und verzeih mir bitte! Liebe Grüsse, Kerstin.“*

Brechreiz hatte ihn überfallen als ob ihn ein Faustschlag direkt auf den Solar Plexus erwischt hätte und er hatte es gerade noch zur Toilette geschafft, wo er sich vors Klo nieder kniete und den Kopf in der Schüssel versenkte. Während sich seine spasmisch zuckenden Magenwände von nichts anderem als bitterer Galle entledigten, dröhnte nur ein einziges Wort in seinem Schädel: „W a r u m?" Schließlich stand er auf, wischte sich den kalten Schweiß vom Gesicht und spülte den Mund aus. Er getraute sich nicht in den Spiegel zu schauen, weil ihm vor dem Anblick grauste und zweifellos wäre ihm sofort aufs Neue schlecht geworden. Den Weg zurück ins Schlafzimmer schaffte er nicht mehr – ihr Duft hing noch wie Fetzen voller schwüler

Erinnerungen überall von den Wänden, drängte an ihn, als wollte er sich zur ewigen Erinnerung festklammern – stattdessen lief er davon. Ohne Ziel vor Augen, doch einem unbestimmten Drang folgend, hinunter zum See. Wasser hatte ihn schon als kleiner Bub fasziniert. Immer, wenn er etwas angestellt hatte oder wenn er allein seinen Träumen nachhängen wollte, zog es ihn ans Wasser. Er war vielleicht eine Stunde oder auch zwei gelaufen und hatte sich in stoischer Insichgekehrtheit der Stadt und dem Bett mitsamt seinem penetrant anhaftenden Vanillegeruch entzogen, als er sich endlich auf einer Bank, nahe dem Seeufer, nieder ließ. Mütter mit ihren Kindern, Jugendliche und Schulkinder, voll bepackt mit Picknickkörben und Liegestühlen, pilgerten lärmend an ihm vorbei auf der Suche nach einem zweckhaften Plätzchen, wo sie sich für den Rest des Tages auf ihren Liegen und Badetüchern breit machen konnten. So, wie ihn die ausgelassene Heiterkeit der Badenden früher angesteckt und zu Späßen hingerissen hatte, widerte ihn das unsinnige Gelärme jetzt an. Er flüchtete, und ehe er sich versah, war er am Hafen angekommen, wo die „MS Vorarlberg" ihre letzten Fahrgäste aufnahm.

Seit gut einer Stunde stand er nun hier und es schien, als sei er mit unnachgiebiger Härte an das Stahlrohr gebunden worden. Die Arme waren ihm eingeschlafen, das Kreuz tat ihm weh und die Gedanken wirbelten ihm noch immer wie eingeschlossene, gebündelte Laserstrahlen durch den Schädel. Jeder Versuch, sie zu ordnen oder auch nur dem einen oder anderen Gedanken den Anflug einer anderen Richtung zu geben, war vergebens. Er suhlte sich in einer Essenz aus Selbstmitleid und Wut. Jegliches Gefühl, das nicht mit seinem Schmerz zu tun hatte, schien hohl, improvisiert oder schlichtweg bedeutungslos. Alles endete, wo er auch einhakte, unweigerlich, zwanghaft neurotisch bei ihr. Sie war weg – seit ein paar Stunden erst, aber bereits bei einem anderen.

Ich liebe diesen anderen Mann, hast du geschrieben. Woher weißt du das plötzlich so genau? Mich hast du doch auch geliebt – du hast es mir hundertmal ins Ohr geflüstert, genau wie ich dir und du hast es oft genug in Briefen geschrieben – und letzte Nacht haben wir uns geliebt! Verdammt noch mal – wie hättest du das gekonnt, wenn du mich nicht mehr lieben würdest? Kann man denn als Frau zwei Männer lieben? Ich kann es nicht glauben – nicht du! Oder doch? Trotzdem – ich verstehe es nicht – nicht nach dieser Nacht ...es war unbeschreiblich, du warst wundervoll ..., so zärtlich! Ich habe nichts, aber auch wirklich gar nichts mitbekommen ... mein Gott, war ich unsensibel, so gar nichts zu spüren! Aber du schreibst ja selbst, dass du nicht unglücklich warst. Oder war es dein Abschiedsgeschenk? Warst du darum so zartfühlend und liebevoll zu mir! Eine Liebesgabe aus Mitleid? Ein Almosen? Was dachtest du dir dabei? Wir fühlten uns wie schon lange nicht mehr – du und ich, eins miteinander wie man nur eins sein kann. Warum sagst du mir nicht ins Gesicht, was dabei durch deinen hübschen, rot gelockten Kopf gespukt ist. Warst du schon beim anderen, als du mich aufgenommen hast? Oder wie sonst war es dir möglich, am Morgen einfach zu verschwinden? Du gestattest eine Frage am Rande: Liegst du eigentlich schon im Bett mit ihm? Welche Stellung mag denn er am liebsten?

Die Eifersucht krallte sich wie eine geldgierige Hure an ihn. Schon allein die Vorstellung, dass es so sein könnte, ließ ihn nach Luft japsen, als würde ihm ein kräftiger Daumen langsam den Kehlkopf nach innen drücken. *Das Leben ist ein einziger, verdammter Irrgarten,* dachte er. *Ein Irrgarten der Irrtümer und Verlogenheiten! Die Worte: Ich liebe dich, fließen dir, eingelullt vom Nirwana glückseliger Empfindlichkeit, wie Honig über die Lippen, schlussendlich stehen sie aber doch nur symbolisch für ein Gefühl. Für einen Augenblick des Glücks, das die Zeit scheinbar für einen Moment still stehen lässt, das aber je nach Befindlichkeit oder ethischer Grundhaltung des Beteiligten, nach drei Minuten oder nach etlichen Jahren in einer Lüge endet. War es für dich wirklich nichts anderes als ein Geständnis des Augenblicks – in Ekstase leichtfertig zuerkannt – benutzt, um mir noch mehr Lust*

abzugewinnen? Ich liebe dich! War das die Unbedenklichkeits-
bescheinigung für die Einhaltung deiner moralisch behüteten Ver-
gangenheit? Sozusagen der Freischein, etwas tun zu dürfen, was in
deiner Erziehung Tabuthema war? Du hast mir Gedichte mit so ein-
schmeichelnden, poetischen Worten, wie: „Das Band der Liebe soll
uns nie trennen", geschrieben! Dass ich nicht lache. In Wirklichkeit
waren doch diese Bande nichts anderes als Ringe aus gut gehärtetem
Stahl – Verpflichtungen, die du mir auferlegt hast, damit ich nicht in
fremde Betten hüpfe. Du wolltest in Wahrheit doch nur, dass ich dir –
dir allein gehöre! „Lass mich bitte nie mehr allein", hast du gesagt –
„versprich es mir" – hast du mich angefleht! Und als ich mein
Innerstes für dich geöffnet und auf einer großen luftigen Decke aus-
gebreitet habe, du alles von mir bekommen hast, was ich dir geben
konnte, hast du mir mit wässrigen Augen geschworen, dass du nur
mich liebst! Ich war ja wirklich so etwas von naiv, nicht zu merken,
dass du mir was vormachst – und du? Du warst zu feige, mir deine
wahren Gefühle mitzuteilen!

Während sich das Schiff, scheinbar mühelos durch die
glatte Wasserfläche gleitend, der Anlegestelle „Meersburg"
näherte, beschloss Daniel auszusteigen. Er brauchte Ab-
lenkung. Ein Bummel durch das mittelalterliche See-
städtchen würde ihm dabei helfen. Nachdem sie mit einem
perfekten Sidestep ans Dock manövriert wurden, stellte er
sich in die Reihe der auscheckenden Touristen. Wie er sich
so umsah, fragte er sich, wie viele von ihnen wohl mit ähn-
lichen Problemen beschäftigt sein mochten. Das junge
Pärchen, das direkt vor ihm stand und Händchen haltend,
vertraut aneinander gelehnt wartete, wohl nicht – und das
Augenpaar neben ihm, welches ihm aus einem runzeligen,
alten Gesicht in strahlend heiterem Gemüt zulächelte –
wohl auch nicht. Vielleicht diese Mittvierzigerin in dem
hellen Leinenkostüm, welcher hundert bittere Fältchen um
die Mundwinkel das hübsche Gesicht verunstalteten – oder
waren es welche von den Dutzenden anderen Passagieren,

denen die Gleichgültigkeit wie abgestandenes Wasser in den Augen stand?

Endlich wurde er inmitten des Pulks über den schmalen Landungssteg auf festen Boden gespült und er fühlte sich wieder einigermaßen frei. Die Ruhe auf dem Schiff hatte ihm gut getan, doch jetzt spürte er, wie sich die Einsamkeit behutsam verabschiedete und der Hauch eines neuen Gefühls ihn wieder nach oben trug, in das Leben, in diese Stadt, mitten hinein in all diese fremden Menschen und der pulsierende Rhythmus umspülte ihn mit den Stimmen des Aufbruchs und der Neugier. Hier, getrieben von einer dahinschwappenden Hundertschaft von Touristen durch die Gassen von Meersburg fiel es ihm auf einmal wieder leichter, sich treiben zu lassen und neuen Gedanken Platz zu machen.

Als er an einer Auslage mit appetitlich aussehenden Sandwichs vorbei lief, überkam ihn Hunger. Er dachte daran, dass er noch nicht einmal gefrühstückt hatte und bestellte sich zwei Schinken-Spargelbrötchen, dazu ein Glas Badener Riesling, und dann noch eins. Nach dem dritten Glas fühlte er, wie sich eine angenehme, mollige Ruhe, wie ein alkoholgetränkter Wattebausch auf ihn niederließ.

Als ihn die Serviererin fragte, ob er noch ein Glas von dem herrlich kühlen, belebenden und gleichzeitig auf wundersame Weise beruhigenden Wein wünsche, war er zu etwas bereit, wozu er sich noch vor Stunden weit entfernt glaubte – nämlich diesem Wesen, das mit fröhlich blitzenden Augen zu ihm herunterblickte, ein Lächeln zu schenken. Und weil es tief aus seinem Herzen kam, lenkte es ihn vorsichtig, fast noch ein bisschen schüchtern auf einen neuen Weg. Die Spinnweben in seinem Kopf verzogen sich nach und nach und gewährten Gedanken Eintritt, die ihm sein Ego bis vor kurzem noch beharrlich verwehrt hatte. Dieses Ego, das ihm bislang mit einem übergroßen Trichter nichts als Verstand und Vernunft, umhüllt von einer lächerlichen Selbstliebe, einzuflößen vermochte. Er hatte schon lange aufgehört, auf seine innere Stimme zu achten – sie war zwar da, oft überdeutlich, aber er hatte sie immer wieder zum Schweigen gebracht. Doch jetzt meldete sie sich zaghaft zurück: *Du warst dumm – sagte sie*, und es klang ein bisschen neckisch. *Aber ich bin froh, dass du mir wieder zuhörst. Du hast geglaubt, dass du die große Liebe gefunden hast, stattdessen bist du dir selbst auf den Leim gegangen. Warum sonst säßest du jetzt allein hier? Es waren offensichtlich nur deine überbewerteten Empfindungen, die dich mit Kerstin verbanden. Ihr mochtet euch, natürlich …, und ihr mochtet euch gerne riechen. Dieser Vanillegeruch …, mein Gott, wie bist du jedes Mal ausgerastet, wenn du ihre Haut geschmeckt hast und eure Körper zusammenprallten. Doch dann war Stille – immer wieder diese trügerische, beunruhigende, manchmal beängstigende Stille. Sie tut uns gut, hast du gesagt – man muss sie aushalten können – auch zu zweit! Bis zur nächsten Explosion. Ihr habt nicht gemerkt, dass eurer Liebe ein großes Stück vom Universum fehlte. Es war bestimmt keine Verlogenheit – ihr hattet euch ganz einfach nur geirrt, eure Sinnesreize hatten euch einen Streich gespielt. Wenn man sich so liebt wie ihr euch, dachtest du, kann euch nichts passieren. Doch gemeint waren nur eure Körper. Ihr wart so vernarrt ineinander …, und wenn du ehrlich bist, hast du auch nichts vermisst, als du mit ihr zusammen warst! Bestimmt nicht! Aber wenn sie nicht da war? Dann warst du krank vor Eifersucht. Du hast ihr nachspioniert! Du hast sie belauscht und heimlich beobachtet, wenn sie sich mit Freundinnen getroffen hat. Und du wirst mir Recht geben – das hat nichts mit Liebe und Vertrauen zu tun! Und warum hattest du so große Angst, sie zu verlieren, warum warst du so verunsichert, ob sie dich auch wirklich liebt? Du hast das Kribbeln im Bauch für Liebe gehalten, dabei hätte es eine Warnung sein sollen, dass irgendetwas nicht stimmte. Ihr habt euch in eurer Lust schwindsüchtig in die Höhe getrieben, statt euch auf das Fundament der Liebe – die Freiheit – zu besinnen. Liebe in Freiheit braucht keinen Aufpasser – kennt keine Zäune, und sie ist überhaupt kein kompliziertes Geflecht, im Gegenteil, sie ist einfach und klar – nur erkennen muss man sie. Und Geduld muss man haben! Du weißt jetzt hoffentlich, dass du den Berg immer nur am Fuße umkreist hast – du hast dich gelassen von der banalen Leichtigkeit des Weges festhalten lassen, weil du keinen Anlass gesehen hast, den anstrengenden, holprigen Weg hinaufzusteigen. Du hast kein lohnendes Ziel da oben erkennen können, um dich mit den steil angelegten Serpentinen abzumühen, und weil du nichts gesehen hast, brauchst du auch nichts bereuen – denke ich – denn trotz allem war es für euch eine schöne Zeit – findest du nicht? Und du weißt selbst am besten, dass Erfahrungen manchmal schmerzhaft enden können.*

Stimmt, das habe ich heute nicht zum ersten Mal erlebt, erwiderte er der imaginären Stimme – und ich werde wieder mehr auf dich hören – versprochen!

Das Gulasch

Hedi positioniert sich stämmig vor dem Gewürzregal und sucht nach einer Saucenbasis für Gulasch. Ludwig hat heute Geburtstag und Hedi steht vor einem Problem. Sie kocht zwar seit rund dreißig Jahren tagtäglich für ihren Ludwig, aber für etwas anderes als einfache Hausmannskost reicht es immer noch nicht. Schon gar nicht, wenn Gäste angesagt sind. Dass sie miserabel kochen kann, hat mehrere Gründe: Erstens traut sie sich aus lauter Angst, es könnte etwas schief gehen, nichts zu, zweitens sind sie und ihr Ludwig dermaßen ängstlich auf Hygiene bedacht, dass ihnen beim Kochen regelrecht die Zeit davon läuft, weil sie nämlich mit dem Zuputzen und Vorbereiten der Zutaten so lange beschäftigt sind, dass sie nie zeitgerecht fertig werden. Und drittens sind sie sich selten einig, was den Einkauf und gar erst die Zubereitung anlangt.

Dass Hedi heute selber kochen muss, hat ihr Ludwig eingebrockt. Er hat – was nur alle paar Jahre vorkommt – Leute zum Essen eingeladen – und wenn Ludwig etwas zu Hedi sagt, ist das so etwas wie Befehl von ganz oben. Hedi greift Glas für Glas aus dem Regal um die Kochtipps zu lesen. Mit durchgebogenem Kreuz, ihren Kugelbauch selbstbewusst von sich gestreckt, müht sie sich mit den winzigen Buchstaben ab. Die Lesebrille hat sie zuhause liegen gelassen und Ludwig mit seinen Adleraugen ist auch nicht in der Nähe. Nach etlichen Minuten eifrigen Studierens ist sie sicher, das Richtige gefunden zu haben. Sie hat sich für ein Gläschen mit dem aussagekräftigen Slogan „Gulasch Fix&Fertig" entschieden und legt es zufrieden in den Einkaufswagen.

„Zwiebeln, Salat, Fleisch, Bier" stehen noch auf dem Einkaufszettel.

Gelöst von der Spannung der ersten Hürde, schiebt sie den Wagen zielsicher in Richtung Fleischtheke. Als sie um die nächste Regalecke biegt, sieht sie Ludwig unweit der Tiefkühlvitrinen wie ein im Boden verankertes Werbeschild dastehen. Er schaut zufrieden schmunzelnd zur Tiefkühltheke hinüber. Das darf doch nicht wahr sein! Ihr Gesicht läuft dunkelrot an und die altbekannten Wallungen schießen so heftig in ihr hoch, als ob sie mitten im Wechsel sei. Grund für Ludwigs eher bescheidenes Vergnügen und ihre kolossale Aufregung liefert eine junge Frau, die sich weit vornüber gebeugt in der Kühltheke zu schaffen macht. Dass sie sehr jung ist, lässt sich eindeutig feststellen, denn der knackig gewölbte Hintern, eingewickelt in eine pinkfarbene Manschette, die so etwas wie ein Rock sein soll, gewährt einen Anblick – oder vielmehr Einblick – der Ludwigs Puls in eine gefährliche Frequenz hochtreiben lässt. Hedi stampft mit ihren kurzen, dicken Beinen, wie ein wutschnaubendes Rhinozeros auf ihren Ludwig zu, um ihm die Leviten zu lesen und davon abzubringen, sich noch mehr wertvolle Sekunden diesem zweifelhaften Genuss hinzugeben. Sie baut sich Zorn bebend vor ihm auf, packt ihn mit festem Griff am Arm und zischt:

"Schämst du dich nicht, du alter Sack? Komm jetzt endlich weiter!"

Völlig abwesend, von der weiblichen Pracht überwältigt, reagiert er auf Hedi nur mit einem lauen: „Ja, ja, gleich", und schaut weiter wie gebannt und ungeniert – weil ein Kopf größer als Hedi – über sie hinweg auf diese Tussi. Hedi wird noch wütender, zerrt den Wagen um Ludwig herum, verpasst ihm dabei einen üblen Rempler und lässt ihn stehen. Das gibt Liebesentzug, schwört sie einen stillen Eid und trabt in ihrer Aufregung sich selbst überlassen weiter zur Fleischabteilung. Diese Schlampe, eine kräftige Ohrfeige und rauswerfen müsste man sie, zürnt sie mehr der jungen Frau als ihrem Ludwig, von dem sie weiß, dass ihn zwar Reize dieser Art magnetisch anziehen, aber er nie fremdgehen würde. Doch gewohnt pflichtbewusst widmet sie sich wieder dem Einkauf und steht vor der nächsten Knacknuss. Die Theken quellen in ihrem üppigen Angebot schier über und sie hat die Qual der Wahl. Welches Fleisch soll sie nehmen? An der Frischfleischtheke hätte man sie fachkundig beraten, aber sie traut sich nicht zu fragen und ohne Ludwig an ihrer Seite irgendwas zu entscheiden schon gar nicht. Nun steht sie ratlos vor den vakuumierten Fleischbrocken – und Ludwig ist immer noch nicht da. Der geile Bock läuft bestimmt dieser dummen Tussi nach. Gulaschfleisch, ermahnt sie sich – welches denn nun? Ach ja – sie erinnert sich schwach, dass Ludwig etwas von Rindfleisch geschwafelt hat. Sie dreht und wendet ein ums andere Fleischstück hin und her bis ihr ein Packen mit der gelb leuchtenden Aufschrift „Aktion - Gulaschfleisch vom Rind" ins Auge sticht. Glücklich über den Fund greift sie sich gleich noch ein zweites Stück und legt es triumphierend in den Wagen. Gerettet! Siehst du, es geht auch ohne Ludwig, murmelt sie leise vor sich hin.

Ab zur Gemüsetheke. Da fühlt sie sich zu Hause, schließlich hat sie einen eigenen Garten – nur im Moment eben keinen Kopfsalat. Hedi greift in die Kiste und drückt und knetet mit fachmännischem Griff einen nach dem anderen durch, bis sie einen festen, knackigen Kopf in der Hand hält. Sie will ihn eben in den Wagen legen, als Ludwig neben ihr auftaucht. Er sagt kein Wort, tut so, als sei nicht das Geringste vorgefallen, nimmt ihr den Salat aus der Hand und legt ihn zurück in die Kiste. Dann macht er das Gleiche wie Hedi schon vor ihm – er angelt sich einen nach dem anderen aus der Kiste und quetscht die malträtierten Häupl noch ein bisschen kraftvoller, bis er einen entdeckt hat, der seinem Griff standhält. Hedi schaut ihm eine Weile verständnislos zu – als sie aber sieht, dass er genau den

Salat, den sie vorher schon ausgesucht hatte, in der Hand hält und mit Genugtuung zu ihr sagt: „Der da ist in Ordnung ... schau, der ist einfach fester ...", rastet sie aus und faucht ihn an:

„Den hast du doch vorher wieder hineingelegt, du Idiot."

Ludwig schüttelt seinen Stiernacken: „Nein, das war ein anderer, deiner war nicht so fest", behauptet er stur. Hedi wendet sich ab und schaut sich nach Zwiebeln um. Wenigstens da kann ich nichts falsch machen, denkt sie und kommt mit einem Zweikilonetz zurück. Ludwig hat sich inzwischen das „Gulasch-Fix&Fertig" aus dem Wagen geholt und studiert die angegebenen Inhaltsstoffe. Er liest vor: „...verschiedene Gewürze, Zwiebeln, Glutamat, E160, E320, E270 ..., das ist doch ..., sag mal, was soll dieser Mist – kannst du nicht lesen?" pfeift er sie an.

„Was heißt Mist ... da steht „Gulasch-Fix&Fertig" drauf – und hinten ist sogar ein Rezept oben!", protestiert sie energisch.

„Das interessiert mich einen Schmarr'n, so was kommt mir jedenfalls nicht auf den Tisch!"

Hedi ist unter normalen Umständen zahm wie ein Reh und hätte sich nicht groß über seine ekelhafte Besserwisserei aufgeregt, aber nach dem, was er sich vorhin leistete, hat sie die Nase gestrichen voll und lässt Dampf ab: „Ach, leck mich doch ... kauf doch selber ein!" Sie wendet sich beleidigt von ihm ab, doch Ludwig lässt sich von ihrem Ausbruch nicht beirren und schiebt gelassen den Wagen zurück zu den Gewürzen. Hedi folgt ihm mit einigen Schritten Wutabstand. Zielstrebig lenkt er das Gefährt zu den Suppenwürfeln und greift sich ein Glas mit „Rindfleischsuppen-Granulat".

Mit überheblichem Getue hält er es ihr vor die Nase:

„Da – schau dir das genau an, das ist das Richtige", sagt er überzeugt, einen Volltreffer gelandet zu haben. Hedi kommt die Aufschrift irgendwie bekannt vor. Sie reißt ihm das Glas aus der Hand und sucht nun ihrerseits – rein interessehalber, versteht sich – nach der Zusammenstellung der Inhaltsstoffe. Was sie entdeckt, lässt sie zwei Zentimeter wachsen. Mit einem gemein boshaften Unterton liest sie ihm vor: „... E160, E320, E270, Geschmacksverstärker, Emulgatoren, Glutamat ..., genau das Gleiche, du Klugscheißer!"

„Nein, das ist viel besser!" beharrt er rechthaberisch auf seiner Wahl. Plötzlich strahlt Hedi übers ganze Gesicht und sie freut sich diebisch auf seine Miene, denn das was sie jetzt auf ihn los lassen wird, wird ihn am Boden zerschmettern. Sie plustert sich auf wie eine Gluckhenne, stemmt die Hände in die Hüften, holt tief Luft und legt los:

„So, so ... besser ..., und warum bitte – du Superkoch – steht dann genau so ein Glas schon drei Monate bei uns in der Speis und ich darf es nicht verwenden – weil es angeblich so ein künstliches Glumpat ist?"

Jetzt ist es Ludwig, der einen roten Kopf bekommt, doch er gibt sich doch nicht von seiner Frau geschlagen. Nicht Ludwig! Also verteidigt er sich mit der Strategie – Nichts zugeben und das Gegenteil behaupten.

„Stimmt überhaupt nicht ..., bei weitem nicht! Da ist erstens ein anderes Etikett drauf ..., und außerdem verstehst du sowieso nichts davon!" Um sich nicht noch tiefer in das Schlamassel zu reiten und um der leidigen Diskussion ein Ende zu bereiten, nimmt er ein Paket Fleisch aus dem Wagen, dreht es in seinen Pranken hin und her und blafft Hedi erneut an:

„Verpacktes Gulaschfleisch? Spinnst du? Da sieht man, dass du nichts vom Kochen ver-stehst. Da packen sie doch das ganze Geschluder rein, was sie sonst nicht mehr verkaufen können. Oben legen sie was Schönes drauf und unten …, schau mal, da rinnt schon der ganze Saft davon … so ein Dreck …" Hedi schießt zum zweiten Mal das Blut in den Kopf – das ist ihr entschieden zu viel an diesem Vormittag:

„Weißt du was, mir langt's jetzt endgültig …, und … und kochen kannst du auch selber – ich scheiss' auf deinen Geburtstag!"

Oh Gott, wenn sich Hedis Stimme überschlägt, klingt sie fürchterlich schrill und giftig wie von einer kreischenden Furie. Ludwig schaut sich verlegen um, ob ihnen jemand zuhört. Auf ihrem Gang ist niemand, doch da vorne biegt jemand um die Ecke …, oh je … ist das nicht …, natürlich – ausgerechnet das süße Blondinchen von vorhin schaut neugierig zu ihnen her, wohl um nachzuschauen, wer sich da so lautstark ins Zeug legt. Als sie sieht, wem die Auseinandersetzung gilt, lächelt sie Ludwig mitfühlend zu und wiegt ihren Knackarsch von dannen. Gott sei Dank hat Hedi sie nicht gesehen, das hätte ihn glatt den Kopf gekostet.

Ludwig ist sich unschlüssig. Hedi ist nachtragend und wird sich nicht so schnell wieder beruhigen. Soll er es darauf anlegen, weiter zu streiten? Dann ist der Tag gelaufen und der Geburtstag sowieso. Andrerseits ist das nicht weiter tragisch, weil sie ohnehin nicht kochen will und ihre Laune nicht noch schlechter werden kann. Den Gästen ist es ziemlich egal, das weiß er. Sie kennen Hedi von allen Seiten und besonders die recht gut, wo sie mit ihren miesen Launen brillierte. Um Hedi trotzdem zu beruhigen, lässt er das Fleisch im Wagen. Er wird den Gästen einfach sagen, dass Hedi das Fleisch eingekauft hat, damit wäre er aus dem Schneider. Auf der Heimfahrt reden sie kein Wort miteinander. Hedi hat sich demonstrativ von ihm abgewandt und schaut zum Fenster hinaus. Ludwig hingegen überlegt fieberhaft, wie er den heutigen Abend noch retten kann. Auf Hedis Kochkünste mag er sich nach dieser Episode nicht mehr verlassen – die ist imstande und verbockt das Essen noch absichtlich. Er brütet eine Weile vor sich hin. Dann plötzlich – er will gerade die Autobahn verlassen – kommt ihm der rettende Gedanke. Er bleibt auf der Autobahn und fährt in die nächste Stadt, wo sie sonst immer einkaufen. Dort gibt es einen ausgezeichneten Metzger. Hedi wundert sich zwar, warum er nicht abfährt, verkneift sich aber jeden Kommentar. Ludwig lenkt den Wagen zu der bestens bekannten Stadtmetzgerei und parkt direkt davor. Er lässt Hedi im Auto sitzen und auch im Unklaren darüber, was er vorhat. Als er kurze Zeit später wieder aus dem Geschäft kommt, ist er voll bepackt mit drei großen Plastiktaschen. Hedi ahnt, was er eingekauft hat, und als er einsteigt und die Taschen umständlich auf dem Rücksitz verstaut, riecht sie es auch. Gulasch – fix und fertig gekocht!

„Spätzle und Kartoffelsalat sind auch dabei", sagt er zur Erklärung und grinst wie ein Spitzbub.

Hedis Gesicht klärt sich von Minute zu Minute mehr auf und zu Hause angelangt, ist sie fast schon versöhnt:

„Du – wenn du willst, könnte ich ja noch einen Kuchen backen"

Ludwig zweifelt ein bisschen wegen der Zeitvorgabe – immerhin ist es schon Mittag – und er fragt deshalb nach:

„Schaffst du das bis um sieben?"

„Wenn du mir ein bisschen hilfst, geht's, denke ich"

Von den Gästen weiß jeder, dass Hedi und Ludwig nicht unbedingt Meisterköche sind, doch heute schmeckt ihnen das Gulasch besonders gut. Als auch noch die Spätzle perfekt sind und sogar der Kartoffelsalat außergewöhnlich schmackhaft ist, sind sich einige der Gäste darüber einig, dass es ein Fertiggericht sein müsse. Trotzdem loben sie die Gastgeberin: „Hedi – ausgezeichnet …, heute hast du dich wirklich selbst übertroffen!"

Die Asylantin

Obschon draußen deutliche Minusgrade herrschen, ist es ist stickig und heiß in dem winzigen Zimmer. Ihre Körper sind schweißnass, trotzdem liegen sie eng aneinander gekuschelt und erschöpft vom Liebesspiel auf dem schmalen Bett. Kurt rekelt sich und küsst Tatjanas Brüste. Sie schließt die Augen und genießt einige Augenblicke, doch als er seine Küsse abwärts Richtung Bauch verlegt, entwindet sie sich ihm, bevor er ihre Lust von Neuem entfachen kann. Sie setzt sich auf die Bettkante und wirft ihm einen liebevoll verschmitzten Blick zu:

„Später mein Schatz, ich muss los, bin sowieso schon spät dran."

Kurt protestiert nicht, es ist ihm egal. Tatjana besitzt zwar einen tollen Körper, aber beim Sex fehlt ihr jede Raffinesse und Spontaneität. Während sie ins Bad verschwindet starrt er zur Decke hoch und überlegt, was er heute noch vorhat. Tatjana lässt die Tür hinter sich unsanft ins Schloss fallen und ein grauer Staubregen aus den Rissen an der Decke rieselt auf ihn herunter. Er rettet sich unflätig fluchend mit einem Satz aus dem Bett und sammelt rasch die am Boden verstreuten Kleidungsstücke ein, dann zieht er sich an und steckt den Kopf zur Badtür hinein: „Tschüss, bis morgen!" Er stürmt die Stiege hinunter, bevor Tatjana irgendetwas sagen kann. Wenigstens einen Kuss hätte ich verdient, denkt sie, doch weiter lässt sie sich nicht mehr ein. Sie ist spät dran und möchte pünktlich sein. Fünf Minuten zu Fuß hat sie zu ihrem Arbeitsplatz. Es ist bereits dunkel und sie eilt, den Kopf fröstelnd in den Kragen eingezogen, die schmale Gasse hinunter und schließt Minuten später die Hintertür zum Schmuckgeschäft auf. Sie begibt sich in die Werkstatt nach hinten und macht erst Licht, als sie die Türe hinter sich geschlossen hat. Im Laden vorne bleibt es dunkel, niemand ahnt, dass hier spät abends noch gearbeitet wird. Sie stellt das Radio an und setzt sich an den Werk-tisch. Alles liegt noch so auf dem Tisch, wie sie es gestern verlassen hatte. Herr Krüger achtet streng darauf, dass jeder Mitarbeiter seinen Arbeitsplatz hat und dort nichts verändert oder auch nur angetastet wird.

Tatjana arbeitet an den Entwürfen, die sie gestern nur grob angerissen hat, und sucht aus der Entwurfkollektion verschiedene Materialen zusammen, die sich gut kombinieren lassen und legt sie auf die Zeichnungen. Sie ist so vertieft, dass sie zu Tode erschrickt und heftig zusammenzuckt, als es an der Hintertür – nicht zu laut, aber energisch, klopft. Ihr Arm wischt in einem unkontrollierten Reflex alles vom Tisch, was vorher so perfekt angeordnet war. Die grässliche Angst ist wieder da – polternde Schritte, Soldaten, die sie abholen kommen. Bilder, die sie verdrängt zu haben glaubte, nehmen ihr den Atem und die Szenen der Gewalt krallen sich wie Dämonen in ihren Schultern fest. Während die bunten Edelsteine über den Boden kullern und Zeichnungen unter den Tisch flattern, klopft es wieder, drängender! Sie überlegt fieberhaft. Soll sie aufmachen und nachsehen, oder die Polizei rufen? Der Pulsschlag rast ihr in den Ohren und die Luft bleibt ihr im Hals stecken, trotzdem wagt sie sich bis zur Tür, die in den Flur hinausgeht. Als sie leise einen Spaltbreit öffnet, hört sie jemand unterdrückt ihren Namen rufen. Sie erkennt die Stimme sofort und seufzt erleichtert auf.

„Tatjana, mach bitte auf, ich bin's, Kurt!" Noch unentschlossen geht sie zur Hintertür, doch bevor sie öffnet, fragt sie ihn was er möchte. Es ist ihr strikt verboten, abends jemanden in das Geschäft zu lassen.

„Komm schon, lass mich nicht in der Kälte stehen, ich muss dir nur rasch was Wichtiges erzählen – bin gleich wieder weg!"

„Gut, aber nur zwei Minuten – du weißt doch, ich darf niemand hereinlassen." Sie entriegelt die Tür und Kurt schlüpft herein. Als ihr die gewaltige Bierfahne entgegenschlägt, wird sie unsicher und bleibt stehen, bereit, ihn sofort wieder hinaus zu komplimentieren. Doch Kurt benimmt sich, als ob er hierher gehört und es scheint auch nicht die Kälte zu sein, die ihn hereingetrieben hat. Er drängt sich in dem schmalen Gang an ihr vorbei und läuft geradewegs in die Werkstatt.

„Du kannst nicht hier bleiben, Kurt – sag mir was du willst und dann geh – bitte!" Ruft sie ihm halb resignierend, halb energisch nach. Kurt kümmert sich nicht weiter um sie, er hat sich bereits einen Stuhl geschnappt und schaut ihr von ihrem Arbeitsplatz entgegen, als ob er derjenige wäre, der hier arbeitet. Sein Gesicht verzieht sich zu einer Grimasse und seine Stimme lässt einen Schauer über ihren Rücken laufen, als er sagt:

„Also, Mädchen – ich sag dir jetzt, was ich vorhabe – und du wirst mir brav zuhören, OK? Ich werde jetzt diesen Laden ausräumen – und du hilfst mir dabei. Nicht einpacken und so ..., nein, nein ..., du wirst mir die wertvollsten Klunkerchen zusammensuchen und hier auf diesen Tisch legen. Dann verschwinde ich – auf Nimmerwiedersehen!"

Aus Tatjanas Gesicht ist jede Farbe gewichen. Kreidebleich und zitternd am ganzen Körper setzt sie sich auf einen Stuhl. Ein Raster voller Erinnerungen stürzt auf sie ein. Polizei, Asylheim, Demütigungen ..., alles wird wieder von vorne anfangen ..., man wird sie abschieben. Ihr schwindelt, alles tanzt vor ihren Augen. Nein, nicht noch einmal diese Angst. Sie schaut verstört in Kurts Gesicht, versucht, in seinem Gesicht zu lesen, etwas Schalkhaftes zu entdecken, etwas, was ihr sagt – es ist nur ein Spaß, Mädchen. Doch seine grauen Augen blicken sie nur eiskalt an. Das spöttische Grinsen ist zu einer starren Maske gefroren.

„Das kannst du mir nicht antun, Kurt – bitte!" sagt sie leise flehend.

Kurt lässt sich von dem Bündel, das da zusammengeschrumpft vor ihm sitzt, nicht beeindrucken, stattdessen fährt er unbeirrt fort:

„Nach einer Stunde kannst du von mir aus die Polizei rufen. Du wirst angeben, dass du überfallen worden bist – ein Unbekannter mit einer Skimütze. Du gibst eine Beschreibung ab, die nichts mit mir zu tun hat – verstanden? Ach ja, wie er reingekommen ist, musst du ihnen noch erklären. Du sagst ihnen, als du nachhause gehen und die Tür zusperren wolltest, kam ein vermummter Mann aus der Dunkelheit auf dich zu und hat dich mit einer Pistole bedroht und dich wieder in den Laden gezwungen."

Tatjana konnte nicht antworten. Sie war wieder einmal – wie oft eigentlich schon? – ins Zentrum einer realen, harten Wirklichkeit gerückt, zum Mittelpunkt eines Traumas geworden, das ihr, seit sie geboren war, hartnäckig auf den Fersen war. Sie hatte sich hier wohl gefühlt, und auf eine unbestimmte Art auch Geborgenheit gefunden. Seit sie aus dem Asylheim in diese Kleinstadt verlegt wurde, war sie wieder ein Mensch, jemand, der ernst genommen und gebraucht wurde. Eigentlich dürfte sie überhaupt nicht arbeiten, das Asylgesetz verbietet es, aber sie war so froh darüber gewesen, einen Job zu bekommen, das ewige Nichtstun und Warten war ihr schon schrecklich auf die Nerven gegangen. Und nun soll alles zu Ende sein?

Kurt lässt ihr keine Zeit zum Grübeln. Er kommt auf sie zu und packt sie grob am Arm:

„Los jetzt, mach schon vorwärts – wenn du alles richtig machst, wirst du Schmuckdesignerin bleiben – andernfalls kannst du heute Nacht die Koffer packen – du weißt ja, wie das abläuft", droht er, dann grinst er sie unverschämt an und versucht sie zu küssen. Sein Atem stinkt nach Bier. Brechreiz überkommt sie und sie wendet sich angewidert ab. Ihr bleibt keine Wahl und nur die Gewissheit, dass sie bis zum Hals in der Klemme steckt. Wenn sie jetzt die Polizei anrufen würde, würde man ihr, einer Asylantin, nicht glauben. Klaus würde verschwinden oder er würde sich als ihr Freund ausgeben und so tun, als ob sie ihn hereingebeten habe. Es darf auf gar keinen Fall rauskommen, dass ihr Freund dahinter steckt, soviel ist sicher.

Für das Zusammensuchen der wertvollsten Stücke benötigt sie kein Licht. Sie kennt jede Ecke, jedes Regal in dem Laden. Nun, da sie keinen Ausweg sieht, will sie das ganze so rasch wie möglich hinter sich bringen. Sie öffnet Lade um Lade, räumt Regale und Nischen aus, bis eine ansehnliche Sammlung auf dem Tisch liegt und Kurt sagt: „OK, das langt – ich hau jetzt ab." Er stopft die edlen Stücke achtlos in einen abgewetzten Rucksack. An der Tür hält er noch einmal inne und warnt sie: „Eine Stunde – mindestens!" Tatjana sieht ihm noch einen Augenblick nach, bis er in der Dunkelheit verschwindet, dann erst verriegelt sie die Tür. Die Anspannung der letzten halben Stunde hat ihr schwer zugesetzt. Sie hat starke Kopfschmerzen und vor allem keine Ahnung, was sie jetzt tun soll. Warten oder anrufen? Resigniert lässt sie sich auf einen Stuhl niederfallen. Ihr Kopf ist hohl, ein luftleerer Raum, sie kann nicht weinen – am liebsten würde sie die Ungerechtigkeit in die Nacht hinausschreien, aber nicht einmal dazu ist sie fähig.

Sie weiß nicht, wie viel Zeit vergangen ist, doch irgendwann erwacht sie aus ihrer Trance und es ist ihr gleichgültig, ob die Stunde um ist oder nicht. Sie geht zum Telefon und ruft die Stadtpolizei an. Kaum fünf Minuten später sind sie da. Zwei Polizisten, die sie vom Sehen kennt und die sie kennen. In groben Zügen schildert ihnen Tatjana den Überfall, wie es Kurt ihr aufgetragen hatte. Sie geben sofort eine Alarmfahndung raus und widmen sich dann ausgiebig ihrer Befragung. Sie sind sehr freundlich zu ihr und beruhigen sie immer wieder, als sie zusammenzubrechen droht. Etwas später tauchen ihr Chef, Herr Krüger, und noch zwei Kriminologen auf, die den Fall übernehmen, doch auch sie finden keine Spuren. Woher auch, er hatte ja nichts angegriffen, kein Werkzeug benutzt – es war einfach nichts Greifbares da – Tatjana hatte für ihn die schmutzige Arbeit erledigt. Als die Kriminologen weg sind, setzt sich Herr Krüger zu ihr und schaut ihr ruhig ins Gesicht:

„Tatjana …, ich muss dich jetzt was fragen." Seine sanfte Stimme tut ihr gut.

„Es tut mir so Leid, Herr Krüger – ausgerechnet mir passiert so was!" schluchzt sie.

„Ist ja nicht deine Schuld Mädchen", beruhigt er sie, „Gott sei Dank …, es ist alles gut versichert, also mach dir deswegen keine Sorgen, Hauptsache ist doch, dass dir nichts passiert ist. Trotzdem frage ich dich jetzt etwas …, mir geht da was durch den Kopf …, Tatjana – schau mich an – niemand außer uns zwei wusste bis heute, dass du abends hier arbeitest – wem hast du davon erzählt?"

Tatjana erschrickt und schaut ihn mit weit aufgerissenen Augen an.

„Niemandem Herr Krüger, es darf doch niemand wissen, dass ich arbeite!" antwortet sie. Krüger zieht die Augenbrauen skeptisch hoch.

„Hast du einen Freund?"

„Ja", gibt sie kleinlaut zu.

„Und der weiß es, ja?" sagt er immer noch ruhig. Tatjana fühlt, dass es Krüger nicht darum geht, sie festzunageln oder gar fertigzumachen, daher nickt sie stumm. Krüger atmet tief durch:

„Wusste ich's doch"

Da bricht es plötzlich aus ihr heraus. Wie ein Sturzbach lösen sich die Ereignisse des Abends. Jetzt ist sowieso schon alles egal, denkt sie ..., und mit einiger Verspätung weichen Angst und Ratlosigkeit einer ungeheuren Wut auf Kurt, der sie so schmählich ausnutzte. Sie erzählt ihrem Chef alles so, wie es sich abgespielt hatte. Krüger ist entsetzt über soviel Gemeinheit und während er sich die Geschichte anhört und ihr zwischendurch Fragen über ihr Verhältnis zu Kurt stellt, überlegt er, wie man diesem Kerl eins auswischen könnte. Die Polizei kommt nicht in Frage, vorerst jedenfalls, denn er möchte Tatjana nicht verlieren.

Während die Fahndung nach dem unbekannten Täter erfolglos weiterläuft, ist Kurt spurlos in der Versenkung verschwunden. Auch Tatjana erhält keinen Anruf, keine Post – nichts. Sie lässt einige Tage verstreichen, bis sie sich entschließt, seine Handynummer rauszusuchen und ihn anruft. Sie ist überrascht, dass er sich meldet, insgeheim hat sie angenommen, dass er längst das Weite gesucht und sein Handy entsorgt hat. Kurt ist genauso verblüfft, er hat schließlich mit allem gerechnet, nur nicht mit Tatjanas Anruf. Er kann sich nicht einmal erinnern, dass er Tatjana seine Nummer gegeben hatte. Natürlich will er sofort von ihr wissen, wie es gelaufen ist – abgesehen davon, dass sie sich an seine Anweisungen gehalten haben musste – denn sonst wären sie ihm längst auf der Spur.

„Und sie haben wirklich keine Spur zu mir?" fragt er argwöhnisch, als sie ihm alles erzählt hat.

„Warum auch ..., sie sind ja nicht einmal auf die Idee gekommen, dass ich einen Freund habe – oder soll ich sagen hatte?" fragt sie heuchlerisch „Übrigens, wo warst du denn die ganze Zeit?"

„Das geht dich nichts an ...", wehrt er schroff ab, „ich muss erst mal jemanden finden, der mir die Ware abnimmt

– das ist nicht so einfach, weißt du …, aber ich melde mich wieder, sobald ich das erledigt habe."

Du wirst dich nie mehr melden, wenn ich dich jetzt gehen lasse, du Arsch, liegt ihr auf der Zunge, doch sie senkt ihre Stimme vertraulich und gibt sich verschwörerisch, als sie antwortet:

„Wir könnten das doch gemeinsam machen …, ich habe da vielleicht so meine Kontakte …" lässt sie ihre ehemaligen Beziehungen zu Rumänien durchklingen. Kurt wird hellhörig.

„Was meinst du mit *Kontakte*?"

„Frag nicht so dumm, Leute, die Interesse an der Ware haben!" Dann wirft sie einen weiteren Köder aus: „Aber ich würde noch ein, zwei Tage warten, dann lohnt sich wenigstens das Ganze für uns beide!"

Tatjana weiht ihn ein, dass heute oder morgen eine große Lieferung Rohdiamanten hereinkomme und er müsse doch zugeben, dass diese viel leichter zu verscherbeln seien, als fertige Schmuckstücke, die überall polizeilich registriert sind. Kurt ist nicht so rasch zu überzeugen. Dass Tatjana mitmachen will, passt ihm überhaupt nicht – und er misstraut ihr.

„Die glauben dir doch kein Wort, wenn ausgerechnet dir so was schon wieder passiert – wie willst du das erklären?" Tatjana lässt ihn einen Augenblick zappeln, dann klärt sie ihn auf.

„Gar nicht – ich werde nicht mehr da sein, wenn sie kommen …" sie macht eine Pause und fährt dann, keinen Widerspruch duldend, fort „ich werde mit dir weggehen, und wir werden den Gewinn – ich schätze, dass die Klunkerchen so rund eine Million auf dem freien Markt bringen – schön aufteilen …, fünfzig-/fünfzig, verstehst du?" Sie hört Kurt aufgeregt schnaufen.

„Eine Million, sagst du?" klingt es gepresst aus dem Hörer.

27

„Richtig – überleg' es dir – du kannst mich ja anrufen."
Sie legt rasch auf. Kurt zappelt am Haken. Entschlossen
und deutlich hatte sie ihm vor Augen geführt, dass sie kein
Klümpchen Elend war, das auf ihn wartete.

Gegen dreiundzwanzig Uhr läutet das Telefon, doch
Tatjana nimmt nicht ab. Noch nicht. Als es eine halbe
Stunde später wieder klingelt, hebt sie ab. Kurt will mit-
mischen. Sie hört die Anspannung aus seiner Stimme, fühlt
fast körperlich, wie er darauf brennt, diesen Coup durchzu-
ziehen. Sie macht ihn in aller Ruhe darauf aufmerksam,
dass sie sich nicht austricksen lasse und sie werde sich an-
derntags melden, sobald die Lieferung eingetroffen sei.

Zwei Tage nach dem Anruf von Kurt sitzt Tatjana an
ihrem Arbeitstisch, genau wie an jenem Freitagabend, als
Kurt sie überraschte. Mit dem einzigen Unterschied, dass
sie heute Regie führt und weiß, was passieren wird. Sie
kann sich nicht auf die Arbeit konzentrieren und lässt es
schließlich sein. Stattdessen nimmt sie eine Modezeitschrift
zur Hand, doch unfähig, irgendetwas aufzunehmen, blättert
sie nur nervös darin herum. Wenn sie sich mit ihren Entwürfen beschäftigt, rinnt ihr die Zeit normalerweise buch-
stäblich zwischen den Fingern davon, doch heute scheinen
sogar die Sekunden festzukleben. Draußen schneit es in
dichten Flocken. Wehmütig denkt sie an die letzten Weihnachten zurück, die sie mit ihrer Familie in Rumänien ge-
feiert hatte. Wie viele Jahre liegt das jetzt schon zurück?
Vier, fünf?

Ein energisches Klopfen an der Hintertür unterbricht
ihre Gedanken abrupt. Es ist soweit. Kurt ist da. Ohne im
Flur Licht zu machen, eilt sie rasch und leise zur Hintertür
und lässt Kurt herein. Diesmal ist er nicht so aggressiv, im
Gegenteil, es scheint, als ob er sich ganz auf Tatjana ver-
lässt. Tatjana geht vor ins Arbeitszimmer. Dort dreht sie
sich um und schaut ihm prüfend ins Gesicht. Seine Augen

huschen gehetzt umher – irgendwie traut er mir nicht, denkt sie. Um ihre eigene Nervosität zu überspielen, sagt sie ziemlich forsch:

„Hör zu, wir haben nicht viel Zeit – und ich möchte so rasch als möglich verschwinden". Zur Unterstreichung ihres Vorhabens deutet sie auf ihren dunkelgrünen Koffer in der Ecke.

„Die Steine sind noch originalverpackt in diesem Container dort drüben" fährt sie fort, und weist mit der Hand auf einen Rollcontainer. Kurt starrt ungläubig zu dem Aluminiumkasten hinüber: „Ihr lasst eine Million einfach so herumstehen – ich fass' es nicht!"

Tatjana schaut ihn an, als ob er nicht ganz bei Sinnen sei:

„Was glaubst du wohl, warum der Laden elektronisch gesichert ist? Hier liegen allein in den Regalen und Schubladen an die fünf Millionen rum – abgesehen davon weiß niemand, dass heute Rohdiamanten geliefert wurden – außer dir natürlich", fügt sie ironisch hinzu. In Kurts Gesicht zuckt es. Seine Augen leuchten gierig.

„Was hält mich dann davon ab, alles auszuräumen?"

„Nichts", erwidert sie trocken, „du kannst mitnehmen soviel du willst – ich nehme mir nur ein paar von den erstklassigen Stücken – als Notgroschen sozusagen, aber mach jetzt endlich vorwärts, ich will hier nicht übernachten". Während Tatjana im Verkaufsraum vorne verschwindet, stürzt sich Kurt auf den Container und beginnt ihn auszuräumen. In denselben Rucksack wie vor zwei Wochen. Dann macht er sich daran, die Regale leer zu fegen, und weil seine Gier mittlerweile keine Grenzen mehr kennt, packt er alles was im in die Hände gelangt – sogar die billigsten Imitate – in seinen Rucksack.

„Hallo Kurt!"

Die Stimme in seinem Rücken lässt seinen Atem stocken. Er fährt herum und erblickt einen Mann, der lässig aus dem Dunkeln hervor tritt. In seiner Hand glänzt matt der Lauf einer Pistole. Kurt lässt verblüfft den Rucksack zu Boden scheppern und starrt regungslos auf Krüger, der wie ein Geist aus dem Nichts aufgetaucht ist. Dann hebt er langsam die Hände. Jetzt nur nichts falsch machen. Tatjana ist im Laden vorne, er hat sie scheinbar noch nicht bemerkt. Seine ganze Aufmerksamkeit ist auf Kurt gelenkt. Ich muss ihn irgendwie ablenken, damit Tatjana von hinten an ihn ran kommt, denkt er. Krüger bleibt zwei Schritte vor ihm stehen und taxiert ihn von oben bis unten. Dann meint er hämisch:

„Damit hast du wohl nicht gerechnet, du Klugscheißer!"

Im Laden geht das Licht an. Tatjana rumort da draußen herum, als wäre sie alleine. In Kurts Kopf rotiert es. Was macht sie denn, um Gottes Willen, ist sie jetzt total verrückt geworden? Sie muss doch mitbekommen haben, dass jemand da ist! Krüger beobachtet Kurt, wie er fieberhaft überlegt, und spottet weiter:

„Du hast die Wahl zwischen einer schnellen Kugel jetzt sofort, was mir persönlich die liebste Variante wäre, oder mindestens zehn Jahren Zuchthaus – großzügig, wie ich bin, kannst du es dir aussuchen, ich gebe dir drei Minuten." Kurt sagt nichts. Seine einzige Hoffnung stützt sich auf Tatjana. Doch als er sie, beide Hände mit Schmuck beladen und einem schadenfrohen Grinsen im Gesicht, zur Tür hereinkommen sieht, geht bei ihm die Sirene an. Kurts Gesicht wird plötzlich zu einer wutverzerrten Fratze und seine Stimme überschlägt sich, als er ihr entgegen schreit:

„Du verdammte Hure, du elendes Miststück …, du … du … hast mir das eingebrockt – ich bring dich um!" Tatjana ist mit drei raschen Schritten bei ihm und verpasst ihm eine schallende Ohrfeige. „Das ist für die Hure …" sie holt zum zweiten Mal aus, „und das …", doch weiter kommt sie nicht. Kurt packt sie mit beiden Händen und presst sie wie ein Schraubstock an sich. Blitzschnell greift er hinter sich auf den Tisch und packt den goldenen Brieföffner. Ein

zwanzig Zentimeter langes, scharf geschliffenes Familien-
erbstück. Kurt setzt es Tatjana an die Kehle, während sich
sein rot glühendes Gesicht zusehends entspannt, ja er lacht
sogar laut auf. Krüger fuchtelt unsicher mit der Waffe
umher. Sein Ziel ist plötzlich von Tatjana verdeckt und was
das Schlimmste ist, er muss machtlos zusehen, wie brutal
Kurt mit ihr umgeht. Mutlos, resigniert lässt er die Waffe
sinken und versucht Kurt zu besänftigen.

„Bitte, Kurt, lass sie los, das bringt doch nichts – verschwinde meinetwegen mit dem Schmuck, aber lass Tatjana
in Ruhe – sie hat doch damit gar nichts zu tun – das Ganze
war meine Idee!"

„Du hast mir gar nichts zu sagen" faucht Kurt bösartig
zurück, „den Schmuck habe ich schon – aber ...", er drückt
mit dem Brieföffner jetzt so fest zu, dass die ersten
Bluttropfen über ihren Hals laufen, „Tatjana, mein Täub-
chen, du wirst hier bleiben – und zwar für immer." Tatjanas
Augen füllen sich vor Schmerz mit Tränen und heften sich
in stummer Bitte auf Krüger, doch der steht hilflos vor
ihnen. Kurt wendet sich an Krüger: „Los, Alter, leg die
Pistole auf den Tisch und dreh dich um!"

Krüger überlegt einen Moment, doch dann geht er einen
Schritt vor und schickt sich an, die Waffe neben Kurt auf
den Tisch zu legen. Als Tatjana sieht, wie sich Krüger zum
Tisch niederbeugen und die Waffe aus der Hand geben will,
wird ihr schlagartig bewusst, wenn sie jetzt nicht handelt, ist
ihre Lage hoffnungslos. Der Schmuck, den sie vorher mit
hereingenommen hat, ist ihr im ersten Schreck aus den
Händen gefallen – bis auf die Hutnadel mit dem ver-
goldeten Schlangenkopf, die sie immer noch verbissen
festhält. Bis jetzt konnte sie sich kaum rühren, doch jetzt
lässt sich Kurt einen Augenblick von Krüger ablenken und
Tatjana rammt ihm die Nadel in die Seite. Kurt brüllt wild
vor Schmerz auf und lässt einen grauenhaften Fluch los,

doch gleichzeitig lockern sich seine Arme und er greift sich an die Seite, um die Nadel herauszuziehen. Tatjana gelingt es, sich loszureißen und springt zur Seite, doch der Bürostuhl ist ihr im Wege und sie stürzt mit einem Schmerzensschrei, den Stuhl unter sich begrabend, darüber. Stöhnend bleibt sie am Boden liegen.

In Kurt brennt endgültig die Sicherung durch. Ohne sich um die drohende Pistole in Krügers Hand zu kümmern, stürzt er sich blind vor Hass, den Brieföffner zum Stoß erhoben, auf Tatjana. Krüger, indessen verrückt vor Angst, dass er Tatjana etwas antut, drückt ohne zu zögern ab und trifft ihn seitlich, oberhalb der Wunde, die ihm Tatjana schon zugefügt hatte. Kurts Augen weiten sich in einem ungläubigen Staunen. Er dreht noch eine halbe Pirouette und sackt mit einem erstickten Röcheln zusammen. Krügers Gesicht ist kalkweiß. Die schreckliche Erkenntnis, einen Menschen umgebracht zu haben schlägt auf ihn ein wie ein Vorschlaghammer. Die Pistole entgleitet seinen kraftlosen Fingern. Taumelnd bewegt er sich vorwärts und setzt sich, zitternd am ganzen Körper, zu Tatjana auf den Boden. Er schlingt die Arme um sie – unendlich dankbar, dass Tatjana nichts passiert ist – doch unfähig, irgendetwas Tröstendes, ein Wort des Zuspruchs oder der Erleichterung zu sagen, blickt er nur fassungslos ins Leere.

Finks Auftrag

Feldkirch, 7. Januar 1894.

Rittmeister Moser saß seit einer geschlagenen Stunde in der Schänke des Gasthauses Ochsen. Er glaubte schon nicht mehr daran, dass sie kommen würde. Deshalb blickte er überrascht auf, als sie plötzlich vor ihm stand. Sie nannte sich Lena und sah aus wie eine der unzähligen Wirtshaushuren, die spätnachts in diesem Viertel halbnackt und steif gefroren auf und ab patrouillierten. Einen Zipfel ihres langen, groben Leinenkleides hielt sie in der Hand, wohl um zu verhindern, dass es im Straßenschlamm verdreckte. Dabei gab sie einen zünftigen Blick auf ihre kräftigen, unbestrumpften Schenkel frei. Ihre Knie waren schmutzig, ihre kurzen Stiefel jedoch modisch und aus feinstem Leder und garantiert mehr wert als hundert Freier dafür zahlen mochten.

Moser fasste mit beiden Händen nach dem Weinbecher, als ob er die Taille einer Frau umfangen wollte. Er blinzelte, weil ihm der viele Rauch von der Feuerstelle und dem Tabak in den Augen brannte.

Sie stelle sich breitbeinig vor ihn hin und fragte angriffslustig:

„Was willst du?"

Moser konnte sich nur schwer von den nackten Schenkeln seines Gegenübers losreißen, dennoch hob er gemächlich den Kopf und musterte sie geringschätzig.

„Nur, damit du es gleich weißt, ich bin keine billige Hure!", fuhr sie ihn an.

Moser forderte sie mit einer Geste auf, sich hinzusetzen.

„Keine billige oder keine Hure?", fragte er gleichmütig.

In Lenas schwarzen Augen blitzte es gefährlich auf: „Wenn du zu Scherzen aufgelegt bist, besorge ich dir andere Gesellschaft. Also, sag schon, was willst du von mir?"

Moser nickte. Ihm sollte es nur recht sein, wenn der Handel ohne weiteres Geplänkel zustande kam.

„Ich heiße Franz Pfeiffer ... aus Innsbruck", setzte er bedächtig an.

„Und ich bin die Mätresse von Kardinal Blank und komme aus Würzburg", wehrte sie spöttisch grinsend ab. Natürlich glaubte sie ihm kein Wort, aber das war auch nicht von Bedeutung.

Sie griff ungefragt nach seinem Weinbecher und trank ihn mit wenigen Schlucken leer.

„Kommen wir zum Geschäft! Wer ist es, und wie viel?"

Moser zog einen kleinen, ledernen Beutel aus der Innentasche seines mit Flicken übersäten Mantels und schob ihn über den Tisch.

Sie ließ ihn blitzschnell unter ihrem Kleid verschwinden.

Moser hätte zu gerne nachgeschaut, wo genau sie ihn untergebracht hatte.

Lena sah rasch um sich, doch das schummrige Licht und der Qualm in der Schenke verhinderten jegliche Beobachtung von etwas, was sich mehr als zwei Armlängen entfernt zutrug.

„Wie viel?", fragte sie noch einmal.

„Man hat mir deinen Preis genannt. Im Beutel befindet sich die Hälfte. Den Rest bekommst du nach der Ausführung."

„Wer?" Lenas Gesicht war noch immer ausdruckslos, obwohl sich in ihren Augen unverhohlene Neugier spiegelte. Ungeduldig wischte sie sich zwei widerspenstige, braune Haarlocken aus den Augen.

Moser wiegte seinen Kopf hin und her: „Nicht ganz einfach, der Auftrag, ich geb's zu, aber man hat mir zugesichert, für dich sei das kein Problem."

„Wer?", wiederholte sie ihre Frage gereizt.

„Major Gruber."

Lenas Kopf ruckte hoch.

Moser bemerkte verwundert, wie gleichermaßen Überraschung und Empörung in ihren Augen funkelten. Doch nur ein Augenblick, dann hatte sie sich wieder in der Gewalt.

Sie stand auf, bedeutete Moser zu warten und ging zum Wirt hinter dem Schanktisch. Sie flüsterte ihm etwas ins Ohr.

Der Wirt nickte und deutete auf eine Tür hinter sich.

Lena gab Moser einen Wink, mitzukommen.

Er folgte ihr zögernd. An der Schank ließ er sich noch rasch den Becher füllen und ging ihr nach. Modriger Geruch von verfaultem Holz und feuchtem Gemäuer umfing ihn. Mit einem unguten Gefühl in den Gedärmen stieg er hinter ihr die schmale Steintreppe in den ersten Stock hoch.

Lena führte ihn in eine kleine Kammer, deren einzige Einrichtung aus einem klapprigen Bett und einer Kommode bestand.

Sie ließ sich auf das Bett sinken, wobei sie es schaffte, auf eine raffinierte Weise so dazuliegen, dass ihre Beine bis hoch zu den Schenkeln entblößt waren. Genüsslich streckte sie sich.

Moser zwang sich, nicht auf ihren Körper hinabzuschauen, um dieses offenkundige Verführungsszenario nicht wahrzunehmen. Demonstrativ wandte er sich ab, lief zum Fenster und schaute dem Schneetreiben zu.

„Warum gerade er?", fragte sie mit betont gleichgültiger Stimme.

„Hast du mich in diese Kammer gebracht, um das zu erfahren?"

„Du glaubst doch nicht etwa, nur weil du mir einen Auftrag gibst, mach ich für dich die Beine breit?"

Überrascht drehte er sich zu ihr um. *Wie bissig böse sie sein kann*, dachte Moser. *Bei diesen Tönen könnte sie sich sogar nackt ausziehen, ich würde abhauen.*

Im nächsten Augenblick schlug ihre Laune wieder um, und sie zeigte ihm ihr charmantestes Lächeln.

„Obschon, du bist ein stattlicher Mann und sicher keine schlechte Partie. Eine Erfahrung wärst du allemal wert." Dann lachte sie laut auf.

„Lieber nicht!"

Moser beschloss, dem dummen Geschwätz ein Ende zu bereiten: „Ich will deinen Körper nicht", sagte er voller Unmut, „ich will von dir nur eines wissen; nimmst du den Auftrag an oder nicht?"

„Beim ersten Mal sage ich nie ja", flunkerte sie. „In zwei Tagen lasse ich dir eine Nachricht zukommen."

„Wohin?", forschte er mit hochgezogenen Augenbrauen.

„Du kennst mich doch gar nicht."

„Sei unbesorgt, ich werde dich finden."

Moser ging zur Tür.

Ihre Stimme hielt ihn zurück: „Wie? Wie soll es geschehen?"

„Das sei dir überlassen. Aber ich zähle darauf, dass es bald geschieht."

Als er sich umwandte und einen letzten Blick auf sie warf, rekelte sie sich mit gespreizten Beinen und klimperte mit dem Geldbeutel auf ihrem Bauch.

Er schloss die Tür hinter sich und stieg die Treppe hinunter. Ihr ordinäres Lachen verfolgte ihn noch als er aus dem Haus trat. Bevor er aus dem Laubengang hinaus in das Schneegestöber lief, atmete er tief durch.

Zwei Tage darauf ließ ihm Lena eine Nachricht überbringen, wo sie sich treffen sollten. Draußen war eine eiskalte Nacht angebrochen. Doch hier drinnen, zwischen Bierfässern und Fuhrwerken, wo sich der warme Geruch von Pferden und Mist mit dem Parfüm von Lena auf eine für ihn aufregende Weise vermischte, war es gut auszuhalten.

Lena hatte ihn überrascht. Sie trug heute eine enge Jacke aus grünem Samt und einen langen Reitrock gleicher Farbe. Die braunen Locken hatte sie hochgesteckt und in einem Netz gebändigt, um sie unter dem kecken Hütchen unterzubringen.

„Major Gruber also", sinnierte Lena, „es wird nicht einfach werden." Sie lief mit der Reitgerte in der Hand hin und her, als wollte sie sich hier und gleich auf ein Pferd setzen, obwohl es draußen stockfinster war und eisige Verhältnisse herrschten.

Moser ließ sich von ihrem nervösen Getue nicht aufreiben und stopfte seelenruhig seine Pfeife. Als er antwortete, begleitete jedes Wort eine dicke Rauchschwade:

„Wirst du es tun?"

Moser erwartete eine konkrete Antwort, doch Lena nickte nur und antwortete stattdessen:

„Ich weiß, wer du bist! Du bist nicht Franz Pfeiffer, sondern Rittmeister Moser. Du bist der Adjutant von Oberst Fink und arbeitest als Spion in seiner Dienststelle." Sie schlug mit der Gerte gegen seine Stiefel. „Allerdings", fuhr sie fort, „weiß niemand in deiner Dienststelle etwas über diesen Auftrag, und ich frage mich; warum ich das tun soll – welchen Zweck du damit verfolgst?"

Moser war blass geworden. Er trat ein paar Schritte zurück, damit Lena nicht in seinem Gesicht zu lesen vermochte.

„Wer bist du? Intrigantin, Informantin …, für wen arbeitest du? Sag schon!", forderte er sie mit rauer Stimme auf.

„Ich bin das, wofür du mich ausgewählt hast."

Moser ging einen Schritt auf sie zu. Er verspürte eine unbändige Lust, dieser unverschämten Hure eine Ohrfeige zu verpassen. Wütend fuhr er sie an:

„Warum redest du dann über mich? Ich bin nicht Ziel deines Auftrags!"

„Es gehört zu meiner Arbeit, informiert zu sein. Zu wissen, mit wem man es zu tun hat. Vor allem, wenn es darum geht, den mächtigsten – und wohlgemerkt – auch den beliebtesten Mann in der Garnison aus dem Weg zu räumen."

„Woher hast du die Informationen über mich?"

Lena zuckte mit den Schultern: „Das spielt keine Rolle. Ich werde deinen Auftrag annehmen."

Moser schüttelte heftig den Kopf: „Ich entziehe dir den Auftrag. Ich kann dir nicht mehr trauen. Von einem Menschen wie dir habe ich Diskretion erwartet." Er tat, als wolle er gehen und setzte einen Schritt zurück. Doch dann wandte er sich blitzschnell um, und in seiner Hand lag eine Pistole.

Lena zog nur verwundert die Augenbrauen hoch, blieb aber sonst ruhig, obwohl er auf ihre Brust zielte. Langsam ging sie auf ihn zu, wobei sie ihn unablässig an ihren Blick fesselte. Moser stand da, zielte und glotzte, keiner Bewegung fähig. Als sie so nah vor ihm stand, dass die Pistole fast ihren Busen berührte, öffnete sie mit knappen, geübten Bewegungen die Knopfleiste ihrer Jacke und dann die der Bluse, bis ihre Brüste vollends entblößt seinen Atem stocken ließen.

„Ich habe deinen Blick, in der Kammer dort oben, richtig gedeutet", flüsterte sie, wie eine Katze schnurrend. „Du wirst mich nicht erschießen. Nicht jetzt und nicht hier." Sie schob seinen Arm mit der Pistole beiseite und legte ihre Arme um seinen Nacken.

Oberst Fink stellte das leere Schnapsglas hart auf den Tisch und nahm sich eine Zigarre aus der kleinen Holzschatulle. Genussvoll schmauchend lehnte er sich im Sessel zurück und sah seinem Adjutanten in die Augen.

„Nun, Moser, was ist mit dem Auftrag? Haben Sie Kontakt aufgenommen?"

Moser schlug die Hacken zusammen und stand stramm.

„Wie Sie angeordnet haben, Herr Oberst."

Oberst Fink zwirbelte mit Zeigefinger und Daumen an den Spitzen seines Schnauzers. Moser schien es, als würde ein Lächeln über sein zerfurchtes Gesicht huschen.

„Wann? Moser, wann?", fragte er ungeduldig und fuchtelte mit den Händen, als müsste er Moser alles aus der Nase ziehen.

„Übermorgen, Herr Oberst; beim Offiziersempfang."

Fink hob überrascht den Kopf. „So rasch schon? Gut. Sehr gut sogar", murmelte er. Er zog eine Schublade auf und warf einen Beutel auf den Tisch. „Hier, die zweite Hälfte des ausgemachten Lohnes. Geben Sie es ihr, wenn sie die Aufgabe erledigt hat." Dann gab er Moser einen Wink zu gehen. Er war schon fast durch die Tür, als ihn Finks Stimme noch einmal zurückholte.

„Moser! Bei der Aufdeckungsleitstelle liegt ein Bericht vor, wonach ein Attentat auf Major Gruber verübt werden soll. Wissen Sie etwas davon?"

„Nein Herr Oberst", sagte er wahrheitsgetreu. Seine Gedanken wechselten kurz zu Lena; ob sie etwas davon wusste?

„Wahrscheinlich ist es wieder das Gewäsch irgendeines Wichtigtuers."

„Und diese Lena hat nichts damit zu tun, Moser?"

Mosers nahm unwillkürlich wieder Haltung an, wippte jedoch auf den Absätzen auf und ab, was ziemlich grotesk aussah und schüttelte den Kopf: „Natürlich nicht, Herr Oberst. Die Dame ist ausschließlich mir verpflichtet." Im selben Augenblick dachte er, wie unsinnig dieser Spruch war und fügte im Stillen hinzu, dass das wohl nur für diesen speziellen Auftrag galt.

„Gut, Moser, Sie können gehen. Ich werde sehen, ob ich eine Beförderung für Sie bewirken kann. Wenn auch nicht gleich zu Grubers Nachfolger, so doch vielleicht zum Kommandant der Aufklärung. Was halten Sie davon?"

„Es wird mir eine Ehre sein, Herr Oberst."

Zur Bekräftigung schlug er noch einmal die Hacken zusammen, salutierte und verließ die Kommandantur.

Als er den düsteren Gang zum Ausgang der Offiziersmesse hinunterlief, sann er über die Bemerkung des Obersts wegen dem Attentat nach. Woher wusste Oberst Fink, wie die Dame hieß? Moser hatte ihren Namen nie erwähnt, das wusste er mit Bestimmtheit. *Nun gut, mit dem Attentat auf Gruber habe ich wirklich nichts zu tun*, dachte er, *aber könnte es sein, dass Lena Bescheid weiß?* Sie hatte immerhin zugegeben, dass sie mit jemandem aus seiner Dienststelle gesprochen habe. Oder hatte sie höchstpersönlich das Gerücht über einen Anschlag auf Gruber verbreitet? Das wäre ein genialer Schachzug. Andererseits, warum erteilte dann Fink ihm, Moser, einen solchen Auftrag? Um selbst nicht in Verdacht zu geraten? *Sei's drum*, dachte er, *es wird sich zeigen, was Sache ist.*

Mit weit ausholenden Schritten lief er über den Exerzierplatz. Als er an den Stallungen vorbeikam, hatte er plötzlich wieder diese ruchlose Mischung aus Pferdeschweiß und Lenas Parfüm in der Nase. Kopfschüttelnd lief er weiter. Ich muss aufpassen, dachte er, dieses Weib vernebelt mir noch vollends die Sinne.

Am Morgen des 12. Januar 1894 las Rittmeister Moser – und vermutlich noch einige Tausend anderer Feldkircher – die Landesnachrichten, die in dicken Lettern vom meuchlerischen Anschlag auf Major Gruber berichteten.

Über die Hintergründe des Mordes war nichts bekannt geworden; somit lieferte auch die Zeitung nur Spekulationen. Allerdings erging sich der Schreiber posthum geradezu anbiederisch in Lobhudeleien, was die Person Grubers betraf, sodass Moser die Zeitung verärgert zur Seite warf.

Er sollte eigentlich zufrieden sein. Schließlich zählte allein die Tatsache, dass Gruber ins Gras gebissen hatte – im Hinblick auf seinen Auftrag. Lena hatte gute Arbeit geleistet, und die Aussicht, schon bald einen Kommandoposten innezuhaben, erfüllte ihn mit Genugtuung und Stolz. Aber da war noch etwas anderes, was ihn beflügelte; eine wilde Erregung, die ihn stündlich noch mehr verzehrte. Seit diesem Abend vor zwei Tagen, als ihn Lena verführt hatte, konnte er kaum noch an etwas anderes denken als an ihren hungrigen Körper.

Für heute hatte er vorsorglich ein Zimmer im Löwen reservieren lassen, um den gelungenen Anschlag gebührend zu feiern. Gebührend hieß in diesem speziellen Fall, dass sie wohl den ganzen Tag im Bett verbringen würden, dachte er. Zufrieden sein Spiegelbild angrinsend, band er sich die Schleife über den frisch gestärkten Stehkragen, schlüpfte in die Uniformjacke und verließ das Haus.

Draußen fiel der Schnee in dicken, trägen Flocken. Im Zimmer war es wohl zu kühl, um ohne Kleider da zu liegen, doch ihre Körper glühten noch immer von ihrem wilden, hemmungslosen Treiben. Auf dem Tisch neben dem Bett standen eine Flasche Champagner, zwei Gläser und ein Tablett mit belegten Broten. Moser griff nach dem Glas und stürzte es in einem Zug hinunter. Dann ließ er sich erschöpft zurück aufs Bett sinken. Lena saß neben ihm, ein Ende vom Laken um die Schultern gewunden, und kramte in der Nachttischlade nach irgendwas.

Moser streichelte gedankenverloren über die Hüften seiner Geliebten.

„Wie hast du ihn getötet?"

Lena beugte sich über ihn und küsste ihn auf die Brust.

„Ich habe ihn nicht getötet."

Er ruckte erschrocken hoch. Seine Hände klammerten sich an Lenas Schultern.

„Du hast was …?"

„… ihn nicht getötet, mein Liebling. Gruber lag schon tot im Salon seiner Villa, als ich hinkam. Jemand ist mir zuvorgekommen."

Moser ließ sich in das Kissen zurückfallen. Das Attentat! Natürlich! Dann war es also doch keine Ente. Ein irrer Gedanke schoss ihm durch den Kopf. Die zweite Hälfte des Blutgeldes – das steht mir zu, nicht Lena, dachte er. Er tätschelte Lena den Rücken und sagte verschwörerisch leise:

„Oberst Fink braucht ja nicht zu erfahren, dass jemand anderer den Auftrag ausgeführt hat. Wir können uns das Geld also getrost teilen. Du behältst die erste Hälfte, und ich bekomme den Rest."

Lena beugte sich wieder über ihn, sodass ihre Brüste warm und schwer auf ihm lagen: „Da irrst du dich, mein Liebling, ich bekomme alles", antwortete sie weich.

„Warum?", stammelte Moser irritiert.

„Weil Fink den Auftrag geändert hat."

Moser sah sie an, wollte fragen, wie und warum in Gottes Namen, doch sie verschloss ihm mit ihren himbeersüßen Lippen rasch den Mund.

Augenblicklich ergab er sich der Lust und schloss verzückt die Augen. Lena hatte auf diesen Moment gewartet. Während sie sich ein wenig aufrichtete, zog sie mit einer einzigen, fast anmutigen Bewegung das Rasiermesser durch Mosers Kehle.

Mademoiselle Tarquini

Die dritte Unterrichtsstunde, Französisch, sollte in wenigen Minuten beginnen. Ausnahmslos alle waren schon auf ihren Plätzen und rutschten gespannt auf den Stühlen herum. Wir warteten auf die Neue, die jeden Moment mit dem Direktor in die Klasse treten würde.

Punktgenau mit dem letzten Ton der Schulglocke humpelte Dr. Urban zur Tür herein. Das rote Gesicht schwammig wie immer, seine Miene verdrießlich wie eh und je.

Die Neue folgte ihm so dicht auf dem Fuß, dass sie von seiner massigen Gestalt fast verdeckt wurde.

Dr. Urban lag nicht auf meiner Wellenlänge, will heißen, ich konnte ihn nicht ausstehen. Das lag weniger an seiner unnachgiebigen Strenge, als vielmehr daran, dass er in der ganzen Zeit, die ich dort zur Schule ging, nie – nicht einmal andeutungsweise – das Gesicht zu einem Lächeln verzogen hat. Gott sei Dank musste ich ihn nur im Deutschunterricht ertragen; in diesem Fach konnte er mir nicht am Zeug flicken.

Nun gut, Urban trat in die Mitte vor die Tafel und stellte mit knappen Worten Mademoiselle Michelle Tarquini vor. Sie sei Austauschlehrerin, käme aus Avignon und würde uns dieses Jahr Französisch beibringen. Das war's. Doch bevor er wieder durch die Tür verschwand, drohte er noch: „Wer sich nicht ordentlich benimmt, fliegt von der Schule."

Was sollte denn dieser Schrott? Dass wir sie nicht anpöbeln sollten? Dass wir keine schlechten Witze reißen sollten? Wieso denn auch, wir saßen ja jetzt schon da wie paralysiert und glotzten diese französische Originalausgabe an, als wäre sie das achte Weltwunder. Jede Wette, dass sogar die Mädchen baff waren und sich der Konkurrenz-druck bei ihnen in Sekundenschnelle potenzierte.

Mademoiselle schien es gewohnt zu sein, dass man sie anstarrte. Den linken Fuß leicht angewinkelt, das Gewicht auf dem Rechten, beide Hände auf den Hüften, tat sie furchtbar cool, machte ein ernstes Gesicht und sah uns mit ihren dunkelbraunen, großen Kulleraugen, der Reihe nach prüfend an.

Dann fing sie an zu sprechen. Mit heller Stimme und einem göttlichen Artikulieren der Silben gab sie uns ihr Ehrenwort, kein Wort Deutsch zu reden, dass sie schon mit ganz anderen Klassen zurecht gekommen sei, und wenn wir etwas lernen wollten, kämen wir nicht umhin, uns anzu-strengen. Sie sei nämlich sehr streng, müssten wir wissen.

Na ja, ihr Aussehen in meinem Blickfeld, kam mir die Aussage sehr gewagt, sogar ziemlich abstrakt vor. War aber ohnehin Nebensache. Ich hatte von einem Moment auf den anderen beschlossen, bei ihr zu brillieren. Was sich meine Mitschüler zu dieser Parade ausdachten, wusste ich nicht, und es interessierte mich keinen Deut. Ich hockte jedenfalls in meiner Bank, als hätte mich ein Blattschuss erwischt.

War es das lasziv-freche Leuchten aus ihren Augen, das sich allzu offensichtlich hinter einem unschuldig drein-blickenden, sommersprossigen Gesichtchen versteckte? Oder waren es doch mehr die banaleren Dinge, dich mich so faszinierten. Wie etwa die vollen, runden Brüste, die sich erfolgreich gegen das hellgraue Strickkleid behaupteten und mich eine volle Stunde andächtig meditieren ließen? Vielleicht waren es aber auch ihre Beine, die in kniehohen, weißen Stiefelchen steckten, über den Knien jedoch noch gut zwei Handbreit von den schwarz bestrumpften Schenkeln sehen ließen. Wie sich das wohl anfühlen mochte? Der Gedanke reizte mich, und ich schickte ihn auf die Reise. Eine Reise, die mir heute noch in bester Erinnerung ist.

Ich zog sie aus. Genau fünfmal schaffte ich es – in fünf Varianten. Das weiß ich noch so genau, weil ich jedes Mal mit ihren Haaren anfing und den Knoten ihres wundervoll dichten, mahagonifarbenen Haares löste, bevor ich mich weiter nach unten arbeitete. Irgendwo – ich verschlang damals schon jedes erotisch angehauchte Werk, auch Schund genannt – hatte ich einmal gelesen, dass Frauen das mögen. Als ich ihr nämlich gerade zum sechsten Mal den Knoten öffnete, riss mich das barbarische Gebimmel der Pausenglocke aus diesem Traumgebilde und ließ mich direkt in den Hades plumpsen.

Auf die nächste Stunde war ich super gut vorbereitet, glaubte ich zumindest. Ich saß ausschließlich über den Französischbüchern. Andere Fächer existierten nicht mehr für mich. Trotzdem landete ich auf dem Bauch, weil ich die von ihr geforderten dreißig Vokabeln kaum eines Blickes gewürdigt hatte. Aber ich war zu feige, um ihr zu sagen, dass ich stattdessen sämtliche Ausdrücke über Liebe und Erotik gebüffelt hatte. Also buhlte ich vergebens um ihre Aufmerksamkeit. Vielleicht hätte ich mich doch mehr der Hausaufgabe widmen sollen. Ich verabschiedete mich notgedrungen vom realen Leben, sprich Unterricht, und überließ das Denken einmal mehr meiner lebhaften Fantasie.

Bestimmt spürte sie irgendwie, was ich mit ihr machte – jeder Dickhäuter hätte das wahrscheinlich gemerkt. Während sich jede ihrer Bewegungen, jede Nuance ihrer Stimme, ja sogar jeder Lidschlag in meinem Gehirn festfraß, suchte ich dauernd, ihren Blick einzufangen.

Und das wurde ihr dann doch zu dumm. Plötzlich blieb sie vor meiner Bank stehen und starrte mich wütend an. Ohne den Blick von mir zu nehmen, sagte sie spitz, für die ganze Klasse hörbar und ganz offensichtlich um mich bloßzustellen: „Monsieur, jetzt haben Sie Gelegenheit, mir in die Augen zu sehen. Ich habe keine Angst, und wir werden ja sehen, wer zuerst aufgibt."

Gott, war das peinlich! So vor der ganzen Klasse. Ich spürte, wie mir das Blut ins Gesicht schoss. Andererseits war ich es, der auserwählt war. Ich ganz allein durfte ihr tief und lange in die Augen schauen. Eine ganze Ewigkeit hielt ich ihrem Blick stand. Aber während ich mein Bestes gab und all meinen Charme in die Waagschale, sprich Blick, legte und zu lächeln versuchte, verpasste sie mir eine eiskalte Dusche. Ihre Augen sprühten Blitze, zornig, hochmütig, herablassend, und – was mich am meisten demütigte – sie ließ mich spüren, dass ich für sie nichts weiter als ein minderjähriger Rotzbub war, der sich anmaßte, für sie interessant zu sein. Das tat verdammt weh. Traurig und gekränkt bis auf die Knochen, wandte ich mich ab.

Sie drehte sich um und ging, ohne ein weiteres Wort zu verlieren wieder nach vorne und setzte den Unterricht fort. Die restliche Zeit der Stunde vermieden wir jeden Blickkontakt, so gut es eben ging.

Ich war verliebt.

Ich fühlte es genau bei dem einen Blick, mit dem sie mich abservierte. Von diesem Moment an spürte ich, dass sie mich nicht mehr loslassen würde und dass es nicht nur erotische Fantasien waren, die sich in meinem Kopf überschlugen. Plötzlich hatte ich auch keinen Hunger mehr, mein Körper spielte verrückt. Was sich anfangs nur im Kopf abspielte und sich relativ klar definieren ließ, war nun auf einmal zu einem bleiernen Klotz auf der Brust geworden.

Die Tage und Stunden zwischen den Französischstunden durchschwebte ich in einem Schleier aus Wirklichkeit und Träumerei, in einem fiebrigen Zustand, in dem es keine Rolle mehr spielte, welche Schmerzen einen plagen, wo man nur noch hofft, dass es aufhören möge. Dass man wieder klar wird. Plötzlich war ich auch noch eifersüchtig auf jede noch so kleine Aufmerksamkeit, die sie anderen zukommen ließ. Im Übrigen tat ich das, was unbedingt notwendig war, um nicht von der Schule zu fliegen, ansonsten ging mehr oder weniger alles an mir vorbei, was nicht unmittelbar mit Mademoiselle Tarquini zu tun hatte.

So saß ich dann auch am letzten Schultag vor den Weihnachtsferien ziemlich niedergeschlagen in der Bank. Wie sollte ich zwei Wochen ohne sie überstehen? Das war unvorstellbar.

Dann stand sie plötzlich vor mir und platzte mit strenger Stimme mitten in meine Tagträumerei. Sie müsse in der Pause mit mir sprechen, teilte sie mir knapp mit.

Die restliche Zeit sinnierte ich darüber nach, um was es bei dem Gespräch gehen konnte. Meine Noten waren nicht schlecht, obwohl ich den Verdacht hatte, dass sie bei der Beurteilung meiner Arbeiten besonders streng verfuhr. Als es bimmelte, blieb ich sitzen, bis sich die Klasse geleert hatte, und wartete darauf, für irgendwas einen Verweis zu bekommen. Stattdessen schrieb sie etwas auf einen Zettel und gab ihn mir mit den Worten: „Ihre Aussprache, Monsieur, lässt sehr zu wünschen übrig. Sie sollten mehr üben. Ich schlage deshalb vor, dass Sie mich am Samstagnachmittag besuchen, dann üben wir ein wenig Konversation."

Ich nickte, schluckte, nickte noch einmal. Eine Hitzewelle aus Scham, Freude und Erwartung fuhr in mir hoch, und ich glühte urplötzlich wie ein Saunaofen. An meinen Ohren klebte ein Bügeleisen.

Sie sah großmütig über mein psychisch-physisches Schlamassel hinweg, drehte sich mit einem Lächeln um und schwebte durch die Tür.

Die zwei Tage bis Samstag würde ich nie überstehen. Ich erzählte niemandem ein Sterbenswörtchen, und das machte die Warterei fast unerträglich. Entweder mein Herz weigerte sich, weiter zu schlagen, oder mein Verstand setzte aus. Von Schlafen war sowieso keine Rede. In den Nächten spielte ich das Treffen mit Michelle in mindestens hundert Varianten durch. Die kühnsten Vorstellungen gingen soweit, dass ich mit ihr durchbrannte. Ich sah mich in den Straßen Avignons Kohlensäcke schleppen, um für meine Geliebte zu sorgen.

An den Samstagen ließ man mich normalerweise ausschlafen, das hieß, solange im Bett bleiben, bis ich von selbst aufstand. Als ich an jenem bewussten Samstag aber schon um acht Uhr aufstand, eröffnete man mir schonungslos, dass ich meinem Onkel bei der den Nachmittag ausfüllenden Hausschlachtung zu helfen hätte. Ausreden, wie für eine Schularbeit lernen, oder Hausaufgaben machen zu müssen, kamen nicht in Frage, weil ja gerade die Ferien anfingen. Ausnahmsweise blieb ich mal bei der Wahrheit. Ich lief zu meinem Onkel und bot ihm an, den ganzen Vormittag den Stall zu misten, wenn ich dafür am Nachmittag frei bekäme. Zuerst noch misstrauisch, grinste er schließlich verständnisvoll, als ich ihm erzählte, dass ich mit meiner Professorin Französisch lernen wollte. Bei seiner Frage „Ist sie hübsch?" lief ich wieder rot an, aber ich hatte gewonnen.

Geschrubbt bis auf den letzten Zehennagel lief ich zum Bahnhof und fuhr nach Rankweil. Auf der Strecke zwischen Bahnhof und Sennerei klopfte das Herz zwar rasend schnell, aber noch in der richtigen Höhe. Mit jedem Schritt auf dem letzten Stück von der Sennerei in die Langgasse schlug es ein bisschen höher, und als ich vor dem angegebenen Haus stand, dröhnte mir der Schädel. An der Gartentür blieb ich stehen. Ich wusste nicht mehr weiter. Sollte …, konnte …, durfte ich? Ich hatte keine Lust, französisch zu lernen …, obwohl, ihre Nähe ganz für mich allein zu spüren, war eigentlich schon genug. Bilder überschlugen sich in meinem Kopf, so abrupt in der Reihenfolge wie in ihrem Ausdruck. Das Spektrum zog sich vom gelehrigen Schüler zum heimlichen Geliebten bis hin zu einer unzertrennlichen Liebe. Ich, ein einfacher Bub vom Land, gerade mal knapp über fünfzehn, mit einer zwanzigjährigen Lehrerin, welch eine Liaison!

Die Haustür ging auf. Ich hatte keine Zeit mehr, mir über meinen Schweißausbruch Gedanken zu machen, denn sie winkte mich aufmunternd zu sich und schloss die Tür hinter mir ab. Sie bat mich in die kleine Stube, die einfach eingerichtet war, aber durch die niedrigen Decken einen urgemütlichen Eindruck machte. In einer Ecke stand der obligate Hausfreund. So nannte man damals einen Ofen, der mit Sägemehl beheizt wurde. Im Halbdunkel des Zimmers hob sich das Blechmonster mit dem Rauchrohr wie eine glühende Pfeife ab.

Ich zog meine Winterjacke aus und setzte mich brav auf einen Stuhl.

Michelle fragte mich, ob ich ein Glas Wein möge.

Ich mochte nicht. Wein schmeckte grausig. Ich bat um etwas anderes, egal, was. Der erste Faux pas. Lass dich nie mit einer Französin ein, wenn du kein Weintrinker bist!

In Frankreich wachsen die Kinder mit Wein auf, klärte sie mich auf.

Schön und gut, aber um sich zu unterhalten, brauchte man doch keinen Wein, dachte ich. Darauf, dass sie sich selbst in Stimmung bringen wollte, kam ich nicht. Die Verschmähung meinerseits hielt sie jedenfalls nicht davon ab, sich großzügig einzuschenken.

Sie setzte sich mit dem Glas in der Hand auf das Sofa und klopfte mit der anderen Hand auf die freie Stelle neben sich. Ich setzte mich neben sie. Meine Gefühle schlugen meterhohe Wellen. Nie im Leben hätte ich gedacht, dass ich ihr so nah kommen würde. Ich fühlte, wie die Wärme ihres Körpers, vermischt mit einem betörenden Duft, auf mich überging und langsam an meiner Seite hochkroch. Wie ein plötzlicher Fieberanfall. Sie roch himmlisch. Dann fragte sie mich im Plauderton, ob ich wüsste, warum sie mich eingeladen hätte.

Ich zog die Schultern hoch und schaute sie vermutlich ziemlich dämlich grinsend an.

„Aber Monsieur", entrüstete sie sich, „können Sie sich das wirklich nicht denken?"

Ich schüttelte verwirrt den Kopf. Was sollte ich antworten? Jedes Wort konnte verkehrt sein, konnte alles kaputt machen. Also schwieg ich.

Sie nahm einen großen Schluck aus dem Glas und stellte es ab. Dann wandte sie sich ganz zu mir und suchte meinen Blick. Fest und tief blieb sie in meinen Augen vergraben. Dieselbe Situation wie im Unterricht damals. Auge in Auge; aber jetzt war ihr Ausdruck zärtlich und samtweich wie der Blick eines scheuen Rehs.

„Ihre Augen Monsieur", sagte sie leise. „wissen Sie noch, wie wir uns angestarrt haben? Sie haben mich mit ihren Augen eingefangen."

Warum erinnerte sie mich gerade daran? Worauf wollte sie hinaus?

„Sicher. Aber ich dachte, Sie mögen mich nicht? Sie haben mich richtig kalt und herablassend angeschaut."

„Verstehen Sie denn nicht, Monsieur. Ich musste doch gerade mit Ihnen sehr streng sein, weil ich sonst alles sofort zerstört hätte. Wenn ich mich nur ein kleines bisschen darauf eingelassen hätte, wäre das sofort aufgefallen, und man hätte mich suspendiert. Überhaupt ..., so wie Sie sich benommen haben ...", sagte sie lächelnd. Da spielte sie wohl darauf an, wie ich sie optisch in Einzelteile zerlegt hatte.

Mir fiel auf, dass wir uns nicht duzten, sondern immer noch beim unpersönlichen Sie geblieben waren. Ich sagte es ihr.

Sie sei es so gewohnt, antwortete sie darauf. In Frankreich rede man jeden per Sie an, außer man sei sehr gut miteinander bekannt, aber sie werde mich ab jetzt duzen, wenn ich es wolle.

„Und warum tust du's jetzt? Ich meine, dass ich hier bin. Hast du keine Angst mehr, dass das rauskommt?" Sie ließ sich Zeit mit der Antwort. So, als ob sie überlegen müsste, ob sie mir das anvertrauen sollte oder durfte. Die Antwort richtete sie dann auch an den Ofen gegenüber und nicht an mich.

„Nein, weil ich nach den Ferien nicht mehr da bin. Ich gehe wieder zurück, nach Paris."

Das saß. Mein Luftschloss platzte von einer Sekunde auf die andere.

„Aber warum denn?", fragte ich tonlos. Mir war schlecht geworden. Ich bekam keine Luft mehr und griff trotzdem nach der Limonade und den Keksen, die auf dem Tisch standen. Nur damit ich irgendetwas mit meinen Händen anfangen konnte.

„Das ist normal. Austauschlehrerinnen bekommen nur einen Vertrag für drei Monate", klärte sie mich auf.

Ich möchte mit dir gehen, mit dir leben, erwiderte ich heftig, doch man hörte keinen Ton davon. Die Worte kamen nicht heraus, und die Kekse gingen nicht hinunter.

Behutsam legte sie mir den Arm um die Schultern. Dann küsste sie mir die Tränen von den Augen und flüsterte immerzu: „Nicht weinen, mon Ami." Dann fühlte ich plötzlich ihre Lippen auf meinen, sanft und seidenweich.

Ich geriet dermaßen in Aufruhr, dass ich die Welt und damit auch jegliche Contenance vergaß. Ja, ich stürmte, ich stürzte, ich taumelte in einen wahren Sinnesrausch.

Diese Weihnachtsferien waren nicht wiederholbar. Nein, so etwas würde es nie wieder geben. Die wahre Liebe war es jedoch nicht gewesen. Ich fühlte es, als ich sie verabschiedete und nicht weinte. Dass keine Tragödie daraus wurde, war ihr Verdienst. Weil sie bis zuletzt eine Distanz bewahrte, die notwendig war, dass wir uns nicht verlieben konnten. Offen blieb nur die Frage, war es ein Schutz für sie oder für mich?

A zwiefelhaft's Vergnüaga

Wia dr Michl sine Rotznasa mit amna kräftiga Zungaschlag vo dr Oberlippa weagschnappt, verzücht dr Sepp ageeklat s'Gsicht und set zu eam:

„Künntisch oh amol a Sacktuach mitnia, des ischt grusig."

Aber dr Michl kümmrat si net drum. Es git Wichtigers. Er stoht mit sim vor Ufregig rota Bölli vor a Sepp ani, klopft eam uf Bruscht und set:

„Du, i ha ebbas ussagfunda."

Punkt, Pause. Er holt noch amol tüf Luft, denn platzt er mit dr Neuigkeit ussa.

„Im neue Hochhus i dr Rhistroß hond si gestern grad d`r Lift ibaut. Gomm`rs gi aluaga? I bi nämli no nia Lift gfahra."

„Du spinnscht jo," moant dr Sepp druf, „döt schaffen doch Bauarbeiter dr ganz Tag. Du globscht doch net, dass dia üs einfach so uf und ab fahra lond, odr?"

Dr Michl grinst übers ganz Gsicht:

„Wettischt mit mr?"

Am Sepp kunnt dia Gschicht a bitzle komisch für, aber denn schlagt er i und set:

"Also guat, aber wenn net, kriag i a Schoki vo dir, klar?"

Dia zwoa Buaba honds jetzt uf zmol pressant. Dr Michl möcht gern s`Tempo a gia, aber er ischt an halba Kopf kliner und oh a kle runder wia dr Sepp und hät drum grad Müah gnuag zum mitkoh. Zu dr Rhistross ischas net wit, i guat füf Minuta sind si döt und stond vor dem riesiga Betonklotz. Rundum ischt alls still. Koa Spur vo Bauarbeiter.

„Und, han i reacht ka?" triumphiert dr Michl. Doch sin beschta Freund lot si net drusbringa. Wia immer ischt dr Sepp d`Ruah in Person und set bloss:

„Jo, jo, scho guat – und wia komm`r ini? Häscht dr döt oh ebbas usdenkt?"

D'r Michl luagat rundum, ob nieamert i dr Nöhe ischt, wo sie beobachta künnt, denn nimmt er dr Sepp bi dr Hand und zücht'n mit.

„Kumm schneall, bevor üs eppmert siaht." D'r Buckl krumm, tüf duckt, als ob ma se weagat deam weniger seha tät, rennan sie über Dreackhüfa vom Ushub uf di hinter Sita vom Bau. Döt goht a schmals, ustramplats Weagle zum Keallergschoss ahi. Dr Michl lauft vorus und blibt glei amol vor anra zuagnaglata Keallertür stoh.

Mit a paar kräftige Rück rupfen sie dia Breatter aweag und verschwinden gleich im diesiga Keallerliacht. D'r Michl tuat fürchtig gschid. Will er si uskennt, rennt er, nervös mit d'r Zunga a d'r Rotznasa am schleacka, am Sepp vorbei zum Steagahus. Vor amna Kaschta us Beton bliebt er stoh. Vo lauter Ufregig krieagt'r wieder fascht ka Luft und japst:

„Do ischt d'r Lift, han i d'rs net gset?"

D'r Sepp loht si immer no net us d'r Ruah bringa. Er macht a ernscht's G'sicht und studiert dia viela Knöpf uf d'r Schalttafla, denn druckt'r schlieassli uf an Knopf. Am Michl flügand fascht d'Oga ussa, wia plötzli Tür usanand got. D'r Sepp stiegt i dean komischa Metallkaschta und zücht d'r Michl mit.

„Kumm jetzt, odr wit net mitfahra?"

Kaum sind sie dinna, saust d'Lifttür scho wiedr zua. D'r Sepp denkt net viel noch und druckt halt amol die högscht Zahl, diea uf dera Konsola stoht. Wenn scho, denn scho.

„Jetz gots glei ab, Michl, kascht luaga, bis z'oberscht ufi fahren mr."

D'r Lift hebt mit ma Ruck ab und surrt los. Am Michl lupft's d'r Maga, d'rwil er si krampfhaft a d'r Haltestanga festklammrat. D'Zahla leucht'n uf. Eins, zwei, drei, vier, fünf …

„Wia lang got's no?" frogt er tapfer.

„Halt bis z'oberscht, du Dolm du, gleich sind m'r domm."

Sechs, sieben, acht ...

Aber bevor er noch z'm Nüner kunnt, bliebt der debbat Lift einfach stoh. Nix got me. Kann Mux macht'r me. Als ob'm d'Luft usganga wär. Im glicha Moment rutscht am Michl z'Herz i d'Hosa, was sich mit amna kräftiga Angstfurz üssrat. Mit ufgrissna Oga luagat er d'r Sepp a. Aber der verzücht bloss z'Gsicht und tuat so, als ob er als im Griff hei. D'r Michl nimmt dr ganz Muat zemma und traut si z'froga:

„Was isch jetzt passiert?"

„Halt d'r Saft ischt'm usganga", set d'r Sepp gschiet daher.

„Und was macha'mr jetzt? Kunnt d'r Strom manscht widr?"

D'r Sepp würd äffig. Abgseaha davo, dass eam selber d'r Arsch uf Grundeis got, wia söll er wissa, was z'm tua ischt.

„Des wass i doch net. Mir muand halt luaga, wia mr do ussi kond!"

D'rwil er des seht, entdeckt er am Schaltbreatt an Knopf mit'nra Klingel druf.

„Aha, do hommr's jo. Wenn ma do druf druckt, denn got d'r Alarm los und ma wass, dass ebbm'rt im Lift steckt." Er druckt lang und kräftig druf, denn noch amol und noch amol, aber es tuat si überhaupt nüt. Ka Sirena, ka Glocka, ka gär nüt.

„Himmelhergottsakrament, verreckt's Glump", fluacht er vor si ani, „irgend ebbas muass as doch gia, mir könd doch net bis morn do hina blieba."

V'rdammte Scheisse denkt si d'r Michl. Net ham ko, des git's jo net. Er molat si us, wia'n d'r Vater hüt obat verprüglat und scho fangand'm Knü z'm schlottra a. Vo lauter Angst bringt'r ka Wort me ussa.

„Du, i glob i has. I wass, was mr tuand." Set dr Sepp. „Siascht des Fenschterle do i d'r Tür? Mir schlagn einfach d'Schieba i und luagan, dass mr is Steagahus ussi kond."

„Aber des ischt ziemli schmal, i kumm do sicher net durch," set d' Michl, weil er ischt so oder so z'dick.

„Aber i scho." set d'r Sepp sealbschtsicher. Er fummlat im Hosasack und zücht a Schwizermeasser ussa.

„Mach mr d'Räuberlatra, sus mag i net langa."

D'r Michl stellt si mit am Rucka a d'Wand unters Fenschterle und verschränkt d'Händ, so dass d'r Sepp drufstiega ka.

„Jetzt muascht obacht gia, mach d'Oga zua, es ka si, dass glei a paar Tscherpa ahi flügn." Zerscht probiert er's mit ma leichta Schlag, aber do rührt si nix. Er muass a paar mol mit G'walt uf dia Schieba inihaua, bis si nu endli amol an Sprung hät. Denn got's lichter. D'Tscherpa flüg'n Gottseidank net uf Michls Kopf, sondern dussa im Steagahus durch ahi bis sie irgendwo im Kealler versplittran. Aber des hörand dia Buaba nümma, weil's z'wit a weag ischt.

„Du, i probier jetzt amol ussischlüfa", set d'r Sepp. Er zücht si mit d'r gröschta Astrengig am Fenschterrahma uffi und streckt d'r Kopf ussi. Denn rüft'r z'ruck: „Ebba zwoahalb Meter unter üs ischt z'Steagapodescht, wenn m'r do ussikond, sind mr grettat."

Abr jetzt fangt's Theater erscht a.

Des Fenschterle ischt verdammt schmal. Mit was söll er zerscht ussi. Mit'm Kopf, odr mit da Arma? Er probiert's mit'm Kopf zerscht. Denn zücht'r d'Arma nochi. Zerscht d'r linke, den d'r rechte. Mit'm reachta hät'r scho große Pro-bleme. Grad, dass er's mit Müah und Not schafft. Uf amol henkt'r i deam Schlitz dinna und kunnt nümma füri und nümma z'ruck. Des hasst, füri käm er scho, aber halt mit'm Kopf vorus uf dia Staplatta ahi, zwoahalb Metr unter eam. Auweiha, des han i zwenig überlet, denkt er si.

„Du, Michl", schreit er. Sin Plützer ischt scho hochrot vor lauter Astrengig, „loss mi jo net los, sus haut's mi Kopf vorus uf dia Platta ahi. Züh mi wied'r ini, des hät kann Sinn aso."

D'r Michl packt d'r Sepp a beda Füäss und züht und würgt am Sepp umanand, aber nix got, weder vüri no zruck, kann Zentimeter.

Und denn verwüscht's d'r Michl wia vom Blitz troffa. Stocksteif würd' r. Stuchawiss ischt'r im Gsicht und vo lauter Schreck dreiht's eam fascht d'r Maga um.

„Sepp, Sepp!", schreit er los, „wenn d'r Strom kunnt bischt hi, des rupft'r d'r Kopf a weag!" Vo am Moment uf a andra rinnen eam Rotz und Wasser über's Gsicht, als ob'm grad sämtliche Schleusa ofganga seien, und er schleackt und schleackt mit d'r Zunga rund um's Mul bis i d'Nasalöcher uffi, aber schafft's einfach nümma, halbweags a Ordnig i des Gschmier z'bringa.

Am Sepp würd i d'r Zwüschazit o mulmig. Des hät grad no gfählt; so a verdammte Scheisse.

„Michl", schreit er zruck, „uf d'r Schalttafla ischt an rota Knopf, der muascht drucka, denn bliebt'r stoh."

D'r Michl luagat si um. Jo, do ischt an rota Knopf. Aber im glicha Ogablick würd'm südig hass. Er mag'n net verlanga, ohne das'r d'r Sepp los loht. Er fangt lut a z'm rära und hülat am Sepp ebbas vor, ab'r. der verstoht natürli nüt vo dem Gnuschel und schreit'n a. „Hergott-sakrament, was hülischt denn so umanand, druck endlig dean Knopf!"

„Wenn'n doch net verlanga mag!" hülat d'r Michl zruck.

„Wenn i dr Knopf druck, muass i di los lo, und wenn i di heb, kunnt viellicht dr Strom grad denn."

D'r Sepp überlet hin und her. Im wohrschta Sinn a verzwickte Lag, muass'r sealber igstoh.

D'r Michl molat si d'rwil di grusigschta Sache us. Er ischt schuld, wenn'm Sepp d'r Kopf abgrissa würd. Sinem beschta Kumpel. Hergott, bitschön hilf m'r, fangt'r zm beata. Er zücht widr mit G'walt am Sepp sina Füass und hät nüt as wia uf amol d'Schuah i da Händ. Mit Müah und Not verwüscht'r no an Fuass, bevor d'r Sepp vürikippt. I sinra Angscht dinna will und will kann vernünftige Gedanka ko. Er überlet, ob er's schafft, wenn d'r Strom kunnt, ummi z'renna und d'r Knopf z'drucka, bevor's m Sepp d'r Kopf weagschremmt odr er ahiflügt. Es sind jo nu ebba anderthalb Meter. Na des Risiko ischt'mr z'gross, denkt er. Des mach i uf gear kann Fall. Bitschön, Herrgott, fangt'r wied'r a, i versprich d'r, dass i vo jetzt a jeda Sunntig i d'Kircha gang und brav bi, mach nu jetzt, dass kann Strom kunnt, solang d'r Sepp do dinna henkt, bitte, bitte.

D'r Sepp verstoht net, wieso d'r Michl a so a Gschrei macht, eam würd jo schlieassli net d'r Kopf abg'rupft. Jetzt beatet'r sogär no s'Vaterunser, des bringt doch gär nüt, denkt er si. Schreia muass ma, viellicht hört üs ebbmert. Er holt tüf Luft und lot an Schrei ussi is Steagehus. Himmel, tönt des gruselig. Grad, als ob ma ebbmert umbringa tät. Glei noch amol. Lieba Gott, wenn i do heil ussikumm, denn bin i die nög-schta zwo Wocha brav und zfrieda und mul mina Alta ka bitzle me ummi. Und d'Husufgab mach i o immer glei noch d'r Schual.

Plötzli, zwüschat deam G'schrei vom Sepp und'm Grär vom Michl hörand sie ufzmol a Männerstimm.

„Ischt do ebbmert?"

„Jo, do sind m'r, im Lift", schreien sie bede glichzitig."

„Himmelhergott noch amol, was tuand ihr Krüppl im Lift?"

„Der ischt stecka blieba und i klemm im Fenschter dinna. Mach jo kann Strom ine, sus han i d'r Kopf aweag," rüaft d'r Sepp is Steagahus ahi. Sine Stimm kippt fascht übri, so got'm d'r Reis.

Denn sieaht d'r Sepp dean Ma uf amol unter eam dunna stoh, uf'm Podescht. Deam flügan fascht d'Oga us, wian'r d'r Sepp do dinna henka sieaht.

„Los, Bua, jetzt muascht di halt aha falla lo, i fang di uf. Ebbas anders git's net. Wenn d'r a Büla holscht, ischas dine Sach."

Am Sepp ischt alls gli. Hauptsach, es ischt ebbmert do und hebt'n uf –und sie kond widr us deam Schlamassl ussi. Es passiert'm nüt, d'r Ma ischt kräftig und fangt'n ohne Müah uf. Aber s'erscht, was'r tuat, wia'nra abgesetzt hät – vor überstandanam Schreck, oder wil er moant, er müass des us Erzüchigsgründa macha – er haut'm Sepp links und reachts ani is Gsicht. Hoh, des hät aschtändig brennt, aber dr Sepp macht koan Muks und druckt Träna tapfer ahi.

Nochdem d'r Arbeiter d'r Lift wiedr z'laufa brocht hät, holt'r d'r Michl ab und lot si d'Näma und d'Adressa vo bedna gia.

„So, Buaba, jetzt ischas Zit, dass i eu hoam bring und d'Väter a Wort mitreda könd."

Das Ungeheuer von Wielitsch

Mein Alter liegt neben den drei Bälgen im Heu und grunzt zufrieden im Schlaf. Typisch mein Alter eben. Wenn es gefährlich wird kneift er.

Die Zeit drängt. Wenn ich vor dem Morgengrau zurück sein will, muss ich mich sputen. Ich werfe noch einmal einen Blick zurück, vergewissere mich, dass die Kleinen schlafen und verschwinde in der Dunkelheit. Andere hatten solche Ausflüge, wie ich es vorhabe, gar nicht oder nur schwer verletzt überstanden. Wochenlang stand ihnen das Grauen ins Gesicht gemeißelt, wenn sie davon erzählten. Ich biege in die enge Gasse, die von unserer Wohnung direkt zu dem Grundstück führt, wo ich hin will. Jedes kleinste Geräusch vermeidend gleite ich durch die Dunkelheit.

Dicht an die Mauer gedrängt schleiche ich vorwärts, merke, wie sich mein Puls beschleunigt. Gebannt spitze ich die Ohren und lausche. Aber außer dem panischen Klopfen in meiner Brust höre ich nichts.

Da! Ich zucke zusammen. War da nicht ein Rascheln? Nein, nur ein paar trockene Blätter vom kühlen Nachtwind durch die Luft gebeutelt. Also weiter. Keinen verräterischen Laut. Ich drücke mich eng an die Steinmauer und tappe Schritt für Schritt voran. Am Ende der Mauer äuge ich um die Ecke. Nichts zu sehen. Das Gartentor steht einladend offen. Rasch schlüpfe ich hindurch und suche den parkähnlichen Garten nach einem Versteck ab. Im fahlen Licht des Neumondes, das nur spärlich durch die mächtigen Baumkronen fällt, mache ich ein paar Sträucher aus – ziemlich dicht beim Haupthaus. Ein Kinderspiel, wenn ich es bis dorthin schaffe. Außer diesem nervigen Gezirpe der Zikaden, das sie furchtlos in die Nacht hinein trällern, dringt kein Geräusch herüber. Ich renne los. In gerader

Linie direkt unter das Blätterdach der mannshohen Stauden. Geschafft! Vollkommen außer Atem ducke ich mich ins Gestrüpp und verschnaufe einen Augenblick.

Das Haus liegt gänzlich im Dunkeln. Kein Schein dringt durch die Fensterläden. Ich fahr mir mit der Zunge über die Lippen. Mein Magen signalisiert: Essen!

Ich fasse meinen ganzen Mut zusammen und sprinte los. Mit einigen Sätzen erreiche ich den hohen Zaun, den Gemüsegarten einschließt. Das Tor ist verschlossen, das weiß ich. Doch gleich daneben ist ein Loch im Zaun, gerade groß genug, dass ich mich durchzwängen kann. Blitzschnell robbe ich durch und suche erneut Deckung unter einem riesigen Feigenbaum. Fast geschafft, denke ich. Ich atme tief durch und versuche, meinen Puls in normale Frequenz zu bringen. Langsam, mich tief am Boden duckend, setze ich samtweich Fuß vor Fuß.

Verdammt, was ist das? Mitten in der Bewegung, einen Fuß angehoben, erstarre ich und lausche. Jetzt höre ich es deutlicher. Ein tiefes Brummen. Wie ein Erdbeben. Nein, vielmehr wie das unterirdische Grollen eines Vulkans. Mir stocke der Atem. Ich versuche zu schlucken, aber mein Mund ist trocken wie die Wüste Gobi. Totenstille. Sogar die Zikaden verstummen. Das Beben kommt drohend näher. Unfähig, mich auch nur einen Zoll zu bewegen, schmelze ich augenblicklich zu einem kleinen Häufchen Elend zusammen. Mein Instinkt befiehlt mir: Drück dich tief ins Gestrüpp und mach die Augen zu. Versuch dich unsichtbar zu machen. Mein Verstand jedoch signalisiert: Lass diesen Unsinn. Was es auch sein mag, es hat längst deine Witterung in der Nase. Das Grollen wird wütender, je näher es kommt. In meinen Ohren dröhnt es. Vor Angst schlotternd wage ich trotzdem, mit einem Auge in die Richtung zu blinzeln, aus der das Gebrüll kommt. Es trifft mich so entsetzlich und unerwartet, was ich zu sehen bekomme, dass mein Herz für einen Moment aussetzt.

Ein Ungeheuer, so grässlich und grauenvoll, wie ich es noch nie gesehen hatte. Und ich habe nicht die winzigste Chance, da raus zu kommen. Das Biest lässt sich Zeit. Längst hat es mein Versteck aufgespürt und folgt seinem Instinkt, der ihm verrät, dass ich in der Falle sitze.

Ein tiefes, grauenvolles Knurren dringt aus seiner Kehle und zwei kleine, gelb glitzernde Augen, weit auseinander stehend in dem riesigen Schädel, fixieren mich böse. Das Fell hängt nass und zottelig an seinen Flanken, auf dem Nacken sträuben sich die Borsten wie Nadeln. Mit einem triumphierenden Geheul reißt es das Maul auf und wirft den Kopf in die Höhe. Ein grausiges Gebiss mit zwei mächtigen Hauern kommt zum Vorschein. Die riesigen Schlappohren schneiden durch die Luft und schlagen mir seine widerliche Ausdünstung entgegen. Grauweißer, eklig klebriger Brei tropft aus seinem Maul auf mich herunter und der grauenvoll beißende Gestank aus seiner Kehle nimmt mir den Atem. Ich keuche, kämpfe panisch nach Luft.

Dann geht alles rasend schnell. Urplötzlich ist es über mir. Mir gefriert das Blut in den Adern. Ich schreie. Schreie meine Todesangst in die Nacht, doch kein Laut kommt mir über die Lippen.

Ein Reflex, der mich von Geburt an begleitet, rettet mir das Leben. Ich rollte mich zu einem Knäuel zusammen, ziehe den Kopf ein und strecke meinen Buckel in die Luft. Der Schlag trifft mich trotzdem unvorbereitet und mit voller Wucht. Das Vieh schlägt mir in seiner unbändigen Wildheit die Hauer in den Rücken, dass ich meine, sämtliche Knochen einzeln aus der Erde graben zu müssen. Im selben Atemzug weicht das Biest mit einem wütenden Geheul zurück, um gleich darauf seine Schnauze nur noch umso wütender in meinen Körper zu schlagen. Blut trieft von seinen Lefzen und bildet unter meinem Körper eine klebrige Lache. Wie von Sinnen stößt er sein Maul immer wieder in meinen Leib.

Plötzlich ertönt eine barsche Frauenstimme:

„Rocky, hierher. Aus!"

Rocky lässt erst aus, als ihm sein Frauchen mit einer Fliegenklatsche auf das blutende Maul haut und ihn weg zerrt.

Befreit kann ich aufatmen.

Mein armes Igeldasein ist gerettet.

Wenigstens für diese Nacht!

Theo's Beichte

Es war Freitag, der 7. August. Theo lief mit den anderen Jungs aus seiner Klasse zur Kirche, um die wieder einmal fällige Beichte bei Pfarrer Moosbacher abzulegen. Jeden ersten Freitag im Monat erwartete Pfarrer Moosbacher, dass die Klasse, in der er Religion unterrichtete, geschlossen zur Beichte kam.

Auch für Theo war die Beichte an sich nichts Neues, doch heute zwickte und zwackte es ihn im Bauch, als er in der Bank vor dem Beichtstuhl wartete. Unruhig rutschte er auf der Bank hin und her; nicht einmal seinem besten Kumpel gelang es, ihn abzulenken. *Wenn ich nicht alle anderen vorgelassen hätte, wäre es schon lange vorbei*, dachte er bekümmert. Andererseits brauchte niemand von seinen Freunden etwas davon mitbekommen, was er dem Pfarrer da drinnen zu erzählen hatte. Je näher er zum Beichtstuhl rückte, umso mehr bekam er es mit der Angst zu tun, und er überlegte fieberhaft, ob es nicht gescheiter wäre, abzuhauen, das Ganze zu vergessen. Schlussendlich hielt er doch tapfer durch, und als der Letzte seiner Kameraden grinsend an ihm vorbeischlenderte und ohne Bußgebet zum Ausgang lief, schlüpfte er mit zittrigen Knien in die dunkle Holzkabine und zog rasch den Vorhang zu.

Der Pfarrer begrüßte ihn mit dem üblichen „Gelobt sei Jesus Christus" und fragte ihn nach seinem Namen, dann machte er ein Häkchen in sein Notizbüchlein. Eigentlich ging es ihn nichts an, wer da zur Beichte kam, aber es war eben eine Marotte vom Moosbacher, dass er genau informiert sein wollte, wer von seinen Schäfchen wieder einmal nicht zur Beichte erschienen war.

Dem Theo war's nur recht so. Aber als er merkte, dass er jetzt dran war, wurde ihm siedend heiß, und sofort schoss ihm die Röte ins Gesicht. Gott sei dank konnte der Moosbacher im Dunkeln nichts sehen.

„Grüß dich, Theo ...", brummte er freundlich. Dann lehnte er sein Gesicht an das Holzgitter und sagte: „Kannst schon loslegen – ich bin soweit."

Theo druckste herum und wusste nicht, wo er anfangen sollte, und zu allem Übel fing es an in seinem Bauch zu gurgeln und zu rumoren. Er kniff die Hinterbacken fest zusammen und betete, dass nichts losgehen möge. Mit dem Handrücken wischte er sich rasch den kalten Schweiß von der Stirn und begann erst mal ein paar lässliche Sünden loszuwerden, die ihm gerade einfielen. Als ihm nichts mehr in den Sinn kam, fragte der Pfarrer in die Pause hinein:

„Gibt's noch etwas, Theo?"

Theo erwiderte nichts, doch Pfarrer Moosbacher spürte, dass der Bub noch irgendetwas auf dem Herzen hatte und hakte nach: „Wenn du etwas loswerden willst, kannst du's mir ruhig anvertrauen, Theo; es spielt keine Rolle, ob es eine Sünde ist oder nicht, ich hör dir zu – und dann reden wir d'rüber, wenn's dir recht ist."

Theo nickte heftig. Dann schluckte er tapfer den Knödel im Hals hinunter und holte tief Luft.

„Es ist wegen meines Onkels ..."

Moosbacher döste immer noch vor sich hin, das Mittagsschläfchen ging ihm heute schon sehr ab. Trotzdem ermunterte er Theo fortzufahren:

„Na, Theo, was ist mit deinem Onkel?"

„Er macht immer solche Sachen mit mir ...", presste Theo mühsam durch die Zähne.

Schlagartig war Moosbacher hellwach. Das Schlimmste ahnend, versuchte er, durch das Sperrholzgitter das Bubengesicht da drüben zu erfassen. Bestürzt blickte er auf Theo, der vollkommen aufgewühlt und durcheinander auf der anderen Seite kniete. Das durfte doch nicht wahr sein! Obwohl Theo nur einen Onkel hatte, vergewisserte er sich:

65

„Du redest jetzt vom Stadtrat Brunner, ja?" Dann kam ihm eine Idee und er fügte hinzu: „Theo, wenn du willst, können wir das Ganze bei mir zu Hause besprechen – was meinst du? Ist dir das lieber?"

Theo nickte heftig: „Ja, das wär' mir lieber, Herr Pfarrer!" Moosbacher nahm den verstörten Jungen bei der Hand und führte ihn ins Pfarrhaus.

Dort erzählte Theo dem Pfarrer, stotternd und zitternd, was vorgefallen war.

Als Theo gegangen war, brauchte der Pfarrer erst einmal einen kräftigen Schluck vom Destillierten. Die Geschichte hatte ihn arg mitgenommen und mehr aufgeregt als er vor dem Jungen zeigen wollte. Er füllte das Stamperl zum zweiten Mal, durchschritt seine Stube mit bedächtigen Schritten und sann darüber nach, was ihm der Bub gerade erzählt hatte. Dabei wurde ihm schmerzlich bewusst, dass das Amt, das er bekleidete, auch manchmal ein Fluch sein konnte. Natürlich musste er etwas unternehmen, aber was? Sprechen durfte er mit niemandem, weil er das Beichtgeheimnis zu wahren hatte – aber andererseits durfte und wollte er nicht zum Mitschuldigen werden, wenn es um so etwas Verwerfliches gegenüber einem jungen Menschen ging. Doch eine Lösung wollte und wollte ihm nicht einfallen, so sehr er sich auch anstrengte.

Nach der Abendmesse zog er sich sogleich zurück. Entgegen seiner Gewohnheit, noch auf ein Gläschen in der Krone vorbeizuschauen, legte er sich gleich ins Bett und zerbrach sich den Kopf darüber.

Irgendetwas muss mir doch einfallen, redete er sich schon zum hundertsten Mal ein. Der Bub brauchte Hilfe, das stand fest. Schließlich übermannte ihn die Müdigkeit doch, aber irgendwann in der Nacht schreckte er aus dem Schlaf hoch. Er stand auf und griff sich wahllos ein Buch aus dem Regal. „Briefe an den lieben Gott" hielt er in den Händen, und plötzlich sah er klar, was er machen würde. Das war's doch! Ein anonymer Brief an den Onkel, in dem er ihm mitteilte, was er wusste und ihm mit der Polizei drohte. Niemand würde auf die Idee kommen, dass der Brief vom Pfarrer stammte.

Aber was war mit seinem Gewissen? Na ja, zumindest seine Lippen blieben auf diese Weise verschlossen, und seinem angeschlagenen Magen tat es sicher gut, wenn er seinen Kummer irgendwie loswurde.

Gleich am nächsten Morgen schrieb er einen Brief an die Stadtpolizei. Er hatte lange hin und her überlegt und war schließlich einsichtig geworden, dass es nichts nützte, wenn er dem Onkel drohte, so ein Vergehen gehörte sofort geahndet. Zufrieden mit sich, einen Weg gefunden zu haben, spazierte er an der Polizeiwache vorbei und steckte das Schreiben in einem unbemerkten Moment in den Briefschlitz. Jetzt brauchte er nur noch abzuwarten, was passierte, denn eines war so sicher wie das Amen im Gebet – wenn die Polizei ausrückte, wusste in dieser Kleinstadt spätestens am Abend jeder, wo und weshalb sie im Einsatz war.

Und er hatte sich nicht geirrt. Am Samstag, gegen fünf Uhr nachmittags, stürmte Hilde, seine Haushälterin, ohne anzuklopfen, in seine Schreibstube und berichtete ihm aufgeregt vom neuesten Stadtklatsch. Der Stadtrat Brunner sei verhaftet worden – und das drei Tage vor der Bürgermeisterwahl, wo er doch selbst kandidiert und die beste Aussicht auf den Posten gehabt habe. Und jetzt so was! Bestimmt habe er Gelder unterschlagen, munkelt man, sagte sie; obwohl, der Brunner sei doch ein grundanständiger Mensch gewesen – kaum zu glauben sei so etwas.

Moosbacher nuckelte derweilen zufrieden an seiner Pfeife und tat so, als ginge ihm das Gewäsch auf die Nerven.

Gott sei dank hatte er entschlossen und rasch gehandelt – noch vor den Wahlen – dachte er. So ein Schweinehund Bürgermeister – nicht auszudenken!

Am Sonntag wurde gewählt, und selbstverständlich gewann der amtierende Bürgermeister, Theos Vater, aufgrund des erzwungenen Rücktrittes seines Bruders mit überwältigender Mehrheit und durfte sich auf eine unbeschwerte Amtszeit einstellen. Er ließ sich feiern wie ein Fürst und bedachte sogar seines Bruders Ungemach in einigen wohlgesetzten Worten. Man dürfe, meinte er, einen Menschen nicht verurteilen, solange nichts bewiesen sei.

Während in der Parteizentrale ausgiebig gezecht wurde und das Freibier in Strömen floss, wurde Stadtrat Brunner auf der Polizeiwache pausenlos verhört.

Brunner verteidigte indessen hartnäckig seine Unschuld und wollte wissen, wie sie nur auf solch eine absurde Idee gekommen wären. Man ließ ihn wissen, dass eine anonyme Anzeige eingegangen war und diese aufgrund der Einzelheiten, die dort beschrieben wurden, ernst zu nehmen sei. Im Übrigen werde am Montag sein Neffe einvernommen, dann werde sich ja herausstellen, wer die Wahrheit sage.

Am Montag in aller Herrgottsfrühe holte ihn ein Wachtmeister von seinem Elternhaus ab. Zum ersten Mal in einem Polizeiauto! Theo kam sich vor wie ein Verbrecher und war fürchterlich aufgeregt, als er zu Inspektor Kühne geführt wurde und nun vor dessen Schreibtisch saß. Der Polizist behandelte ihn zwar sehr freundlich, ließ aber keine Zweifel aufkommen, dass er alles aus ihm herausquetschen würde, was der Aufklärung dienlich wäre. Dass Theo mit seinen zwölf Jahren noch ein Junge, ja fast noch ein Kind war, beeindruckte ihn keineswegs. Er löcherte Theo mit Fragen über Fragen, die Theo die Schweißperlen auf die Stirn trieben.

„Theo, du musst mir jetzt alles haarklein erzählen, was dein Onkel mit dir gemacht hat", Wachtmeister Kühne drückte auf die Aufnahmetaste des Rekorders, „und da wird jetzt alles, was du sagst, aufgenommen, damit du vor Gericht nicht noch einmal alles wiederholen musst, hast du das verstanden?"

Theo stieß einen tiefen Seufzer aus und ergab sich nickend in sein Schicksal.

„Du musst mir schon eine Antwort geben, Theo, mit Nicken und Kopfschütteln kann das Tonband nix anfangen." Dann fuhr er etwas freundlicher fort: „Also, Theo, wie lange dauert das schon mit deinem Onkel?"

„Ein paar Wochen ... ungefähr", stotterte er.

„Ein bisschen genauer hätte ich's schon gern, Theo, weißt du denn noch, wann und wo es zum ersten Mal passiert ist?"

„Beim Skifahren", kam es schlagfertig.

„Wie, beim Skifahren?" Kühne schüttelte verständnislos den Kopf.

„Onkel Ludwig hat mich auf die Steigeralm mitgenommen. Dann sind wir einkehren gegangen, bei der Skihütte hinten, wo die Talabfahrt ist. Wie ich dann aufs Klo bin, ist mir der Onkel Ludwig nachgekommen. Er hat sich neben mich gestellt und mir zugeschaut. Dann hat er gesagt, dass man als junger Mann den Pimmel anders in die Hand nehmen müsste, als ich das tue. Und dann hat er gesagt: ‚Wart', ich zeig's dir, wie's richtig ist', hat er gesagt. Er ist hinter mich gestanden und hat meinen Pimmel in die Hand genommen, dann ..."

„Red' nur weiter Theo, musst dich nicht genieren!", ermunterte ihn Kühne.

Theo erzählte ihm alles. Zuerst noch stockend, als müsste er jede Einzelheit wieder tief aus seiner Erinnerung heraufzerren, dann fließender, bis es schließlich nur so aus ihm heraussprudelte.

„Wie oft hat er das noch mit dir gemacht?", forschte Kühne.

Theo zuckte mit den Schultern. „Weiß ich nicht mehr – fast jeden Tag halt."

„Jeden Tag?" Kühne schaute ihn ungläubig an. „Seid ihr denn immer Skifahren gegangen?"

Theo schüttelte den Kopf.

„Ja, wo denn dann?"

Theo druckste herum. Er merkte, wie ihm wieder die Röte ins Gesicht schoss.

„Ich bin zu ihm gegangen, in seine Wohnung", quälte er sich zu einer Antwort.

Wachtmeister Kühne kannte sich nicht mehr aus. Was zum Teufel veranlasste einen Buben, jeden Tag seinen Onkel zu besuchen, wenn er genau wusste, was ihn dort erwartete?

„Hast du denn mit niemandem darüber geredet?", fragte er kopfschüttelnd.

„Ich hab' mich halt nicht getraut", druckste Theo herum.

„Dann rufen wir jetzt deinen Papa an." Während er zum Telefonhörer griff, erklärte er Theo, warum. „Ich muss noch ein paar Einzelheiten mit ihm besprechen. Und deine Aussage kann er dann auch gleich mit unterschreiben."
Kühne ließ sich mit dem Bürgermeister verbinden.

„Grüß' Sie Herr Bürgermeister. Ich hoffe, ich stör' Sie nicht in einer wichtigen Sitzung. Ihr Bub, der Theo, sitzt gerade bei mir, und es wär' mir recht, wenn Sie auf einen Sprung bei mir vorbeischauen könnten. Es sind da noch ein paar Dinge abzuklären. Wissen's, der Theo hat halt ein paar Andeutungen gemacht, und ich möcht' des gern abklären mit Ihnen … ja, und die Aussagen müssten's auch noch unterschreiben."

…

„Welche Aussagen? Na, halt die von Ihnen und dem Theo."

...

„Wie? Was er ausgesagt hat? Das sollten Sie doch eigentlich besser wissen als ich, Herr Bürgermeister, oder?"

...

„Gut, wenn Sie das wollen. Also dann ... ich warte auf Sie."

Kühne legte den Hörer auf und sah Theo ernst an. Was anfangs nur eine Ahnung war, schien sich zu bewahrheiten.

„Dein Papa hat gesagt, ich soll dich jetzt nach Hause schicken, er möchte gerne mit mir allein reden."

Leo wurde wieder rot bis über beide Ohren und rutschte auf dem Stuhl ganz nach hinten, als wollte er Abstand gewinnen, zwischen ihm, dem riesigen Schreibtisch und Kühne.

„Warum denn?", fragte er leise.

Kühne überlegte einen Augenblick, dem Bub jetzt sofort auf den Kopf zuzusagen, dass die ganze Geschichte erlogen war, dann entschloss er sich jedoch, nur dem ‚ehrenwerten' Vater den Kopf zu waschen, und zwar ordentlich. Und eines stand für ihn jetzt schon fest, in dieser Stadt würde dieser Lump nie mehr als Bürgermeister antreten, dafür würde er persönlich sorgen.

Beziehungs – Punkt

Hedwig blickt auf die Küchenuhr. Halb acht. Um acht Uhr muss sie bei Benno sein, pünktlich, sonst ist er sauer. Das Chaos in der Küche beeindruckt sie schon lange nicht mehr. Genauso wenig wie der Dreckhaufen im Flur oder das Gerümpel im Schlafzimmer. Benno will morgen nach Detroit fliegen und dann mit dem Wohnmobil Kanada bereisen. Die Plastiktasche, in die sie das Notwendigste für eine Nacht reingestopft hatte, fröhlich in der Hand schlenkernd, läuft sie zur Bushaltestelle.

Vor dem Block, in dem Benno sich eingemietet hat, bleibt sie bis kurz stehen, wartet bis eine Minute vor acht. Pünktlich fällt sie Benno strahlend in die Arme. Benno wundert sich, wieso sie so gut aufgelegt ist, wo er doch morgen schon abreist und sie für zwei Monate allein lässt. Hedwig geht nicht darauf ein. Sie lacht und scherzt mit ihm und sagt dann, es soll einfach ein unvergesslicher Abend werden und sie werde ihn heute richtig verwöhnen, er solle sich nur entspannen. Benno erwartet wie üblich, dass sie zuerst kocht und hat dafür auch schon eingekauft. Sie macht sich sofort daran, das Essen zuzubereiten.

Benno sitzt im Wohnzimmer und sieht fern. Sie schneidet und raffelt und rührt heute so schnell wie noch nie. Nach fünfundzwanzig Minuten ist sie soweit. Hedwig wischt sich mit dem Geschirrtuch über die Stirn und hebt dann das T-Shirt hoch um sich den Schweiß zwischen ihren Bergen von Brüsten wegzurubbeln. Dann deckt sie liebevoll den Tisch, stellt den Wein dazu und nach einem letzten, prüfenden Blick auf die Teller ruft sie Benno.

Sie hat sich Mühe gegeben und besonders appetitlich angerichtet. Doch Benno fällt wie ein Hund über das Essen her und verliert kein Wort darüber. Er isst so gierig, dass er nicht einmal über das neue, exotische Gewürz lästert, wie er es sonst immer tut, wenn sie etwas ausprobiert. Dazu schüttet er sich mit dem schweren, chilenischen Cabernet voll, und als er zu seinem eigentlichen Ziel dieses Abends kommt, ist er hemmungslos und brutal.

Sie sieht sein Gesicht im Spiegel. Ein teuflischer Sadist. Immer, wenn er sich unbeobachtet fühlt, weicht das sonst vor Charme sprühende weiche Antlitz einer hämischen, ekligen Fratze.

Sie hatte diesen Mann abgöttisch geliebt und verehrt. Ihr verpfuschtes Leben hatte wieder Sinn bekommen, als sie ihn traf. Es spielte keine Rolle mehr, dass sie in einem Loch hauste und schon lange keinen Job mehr fand, weil sie nichts gelernt hatte. Es machte ihr nichts mehr aus, dass sie von ihren Eltern immer wieder gedemütigt wurde, sie würde es nie zu etwas bringen. Dieser Mann gab ihr alles, was sie sich erträumt hatte. Er schmeichelte ihr und spielte in der Öffentlichkeit den perfekten Gentleman. Doch als sie zum ersten Mal diese grauenhafte Veränderung erlebt hatte, war es, als erwachte sie aus einem schrecklichen Albtraum – zutiefst erschrocken und verstört. Ihre Freundinnen hatten sie gewarnt und beschworen, die Beziehung zu beenden.

Doch ihre Pläne bekamen erst ein anderes Gesicht, als sie durch Zufall erfuhr, dass er stinkreich sei und keinerlei Verwandten existierten. Sie beschloss, sich in einen Kaktus zu verwandeln. Ihre Gefühle sollten eingekerkert werden und erst wieder erblühen, wenn die Quelle der Freiheit über sie sprudelte. So wurde sie zum willigen Werkzeug seiner Exzesse – und er gebrauchte es ausgiebig. Dass er sie für ausgesprochen naiv, um nicht zu sagen für dumm hielt, kam ihren Plänen sehr entgegen.

Jetzt liegt sie wieder unter ihm und er bedient sich, aber nur ein spöttisches Lächeln umspielt ihre Lippen. Sie denkt an heute Nachmittag, als sie mit einem herrlich zufriedenen Gefühl den Laptop zuklappte, mit dem sie per E-Banking gerade Bennos sämtliche Konten geräumt hatte. Es war so leicht gewesen, seine Geschäfte, und vor allem sämtliche Codes und

Passwörter seiner Konten auszuspionieren. Niemand, nicht einmal ihre Kinder wissen, dass sie einen Computer mit Internetanschluss besitzt – und schon gar nicht, dass sie damit ziemlich professionell umgehen kann. Die Abendkurse hatten sie geschlaucht, aber sie stand sie durch. Zum ersten Mal in ihrem Leben hatte sie hart auf ein Ziel hin gearbeitet.

Jetzt endlich schmeckt sie die Süße des Erfolges und ein nie gekanntes Gefühl von Triumph bahnt sich wärmend wie ein Schluck Cognac durch ihren Körper. Schmerz und Demütigung des Augenblicks bleiben in den Stacheln hängen, sie können ihr nichts anhaben. Das allerletzte Mal! Und während sie vor Schmerzen die Zähne zusammen beißt, malt sie sich aus, wie sie ab morgen leben wird.

Das Gift wird erst nach achtundvierzig Stunden wirken. Schade, mein geliebter Benno, dieses exotische Gift tötet dich viel zu schnell. Ich würde es so gerne miterleben, wenn du – irgendwann in den nächsten zwei Tagen, irgendwo in Kanada – hart mit dem Kopf auf dem Boden aufschlägst.

Und schade, dass du nicht einmal weißt, warum! Ich würde weinen, Benno – nicht vor Leid, verstehst du Benno – einfach nur darum, weil dein Herz plötzlich aufhört zu schlagen!

Hole in One

S abine sitzt zusammengekauert in dem riesigen Karton. Es ist stockfinster und eine beklemmende Schwüle macht sich augenblicklich breit. Gut, dass sie keine Platzangst hat. In einigen Minuten müsste es soweit sein. Die Boys, die sie vor der Haustür in die Schachtel verpackt hatten, sagten, es wäre fünf vor zwölf. Fünf Minuten bis Mitternacht, fünf Minuten bis zu einem ihrer schon hundertfach geprobten Auftritte. Gedämpft hört sie durch die styroporverkleideten Wände, wie das Gejohle lauter wird. Gleich wird jemand die roten Maschen lösen und den Deckel abheben, um das Geburtstagsgeschenk in Empfang zu nehmen. Einige fangen schon an zu grölen: „Fünf …, vier …, drei …, zwei …, eins …, und auf!" Der Deckel wird hastig weggehoben. Das ist Sabines Moment. Mit ihrem charmantesten Lächeln windet und wiegt sie sich zu den orientalischen Klängen aus ihrer Zelle heraus. Sie strahlt. Sie strahlt auch noch, wie sie in das rot angelaufene, besoffene Gesicht eines Mannes blickt. Ein widerlicher Typ, schießt es ihr durch den Kopf, aber egal, ich bekomme ja mein Geld, denkt sie, und weil sie ihre Show perfekt und professionell abziehen will, konzentriert sie sich voll auf die Musik.

Die zwölf Männer unterschiedlichen Alters verfolgen mit gierigen Blicken jede Bewegung von Sabine. Unverschämt, direkt. Sie sehen nicht die Ästhetik dieses Bauchtanzes, die faszinierende Harmonie, die im Zusammenspiel von grandioser Körperbeherrschung und Musik ausgeht. Sabine kennt die Blicke von diesen besoffenen Kerlen zur Genüge und ist daran gewöhnt. Nur etwas beunruhigt sie ein wenig – es sind keine Frauen in dieser Runde. Sie weiß aus Erfahrung, wenn Frauen dabei sind, gibt es kein Grapschen, keine unflätigen Witze und das Aufgeilen der Männer bleibt unter einer Decke aus genötigtem Anstand und einer gewissen, wenigstens zur Schau getragenen, Coolness.

Sabine fühlt, wie sich die Spannung im Raum von Minute zu Minute aufbaut. Es ist leise geworden, sie sitzen im Halbkreis auf ihren Stühlen und gaffen Sabine mit offenen Mündern an. Die lüsternen Blicke, die sich ausschließlich auf ihren halb entblößten Brüsten, ihrem Hintern und zwischen ihren Schenkeln festsaugen, sagen ihr mehr als das ganze schlüpfrige, eindeutig zweideutige Gerede. Sie wirft ihre langen, blonden Haare mit einer trotzigen Bewegung in den Nacken. Nur noch ein paar Minuten, ein letztes Stück, dann wird Dieter da sein und sie abholen. Sie wird ihr Geld kassieren und verschwinden. Dreihundert Euro für zwanzig Minuten – gutes Geld für ein schönes Hobby.

Es ist fünf nach zwei. Auf dem Parkplatz neben der Autobahn ist es still und zapfenduster. Dieter hat keine Angst aber trotzdem ist ihm die Stille unheimlich. Er tigert nervös um sein Auto und horcht auf die nächtlichen Geräusche. Schon seit einer halben Stunde versucht er verzweifelt, Sabine zu erreichen. Immer wieder drückt er die Wahlwiederholung. Er versteht einfach nicht, warum sie ihr Handy ausgeschaltet hat. Er flucht auf den Pannendienst, der schon längst hier sein sollte und setzt sich missmutig wieder in den Wagen. Sie wird ein Taxi genommen haben, denkt er. Der Gedanke beruhigt ihn etwas – doch dann müsste sie eigentlich schon zu Hause sein, überlegt er. Er wählt die Nummer ihrer Wohnung und lässt es mindestens zwanzigmal klingeln, doch sie nimmt nicht ab. Vielleicht ist sie noch dort geblieben und feiert ein bisschen mit – ist zwar noch nie vorgekommen, aber dafür gibt es ja Ausnahmen. Er hinterlässt auf dem Anrufbeantworter, dass sein Auto streikt und dass er auf den Pannendienst warte –

und hoffentlich in einer Stunde zu Hause sei. Mitten in seine Ansage piepst der Akku und das Display blinkt – leer! Wütend wirft er das Handy auf den Nebensitz – es bleibt ihm nichts andres übrig, als darauf zu hoffen, dass der Pannendienst bald auftaucht.

Kurz nach fünf Uhr morgens ist er endlich zu Hause. Müde und völlig frustriert nach der endlosen Warterei hat er nur noch einen Wunsch – auszuschlafen. Damit er Sabine nicht aufweckt, zieht er sich schon im Bad aus, schleicht sich im Dunkeln barfuß ins Schlafzimmer und schlüpft zu Sabine unter die Decke. Doch als er den Arm um ihre Schultern legen will, fühlt er, wie sie zittert und dann hört er es auch – ihr leises, monotones Wimmern. Mit einem Ruck ist er hoch und knipst die Nachttischlampe an. Verstört schaut er sie an. Ihr Gesicht und die Haare sind tränennass und die aufgequollenen Augen blicken ihm in einer Mischung aus Verzweiflung und unerhörter Wut entgegen.

„Was ist denn um Gottes Willen los, Sabine …?"

„Die Schweine …, das werden sie mir büßen!" Nur stockend bringt sie die Worte heraus und verfällt sofort wieder in tiefe Lethargie. Dieter ist inzwischen hellwach geworden. Er redet beruhigend auf sie ein und lässt sie in seinen Armen ausweinen. Nach und nach erfährt er, was passiert ist. Nach ihrem Auftritt wollte sie das Geld kassieren. Paul, der sie engagiert hatte, habe sie in ein kleines Büro nebenan geführt, wo er sie bezahlen wollte. Dann sei Wolfgang dazugekommen und Paul habe gesagt, dass er nicht für das bisschen Tanzen soviel bezahlt hätte – ein Geburtstagsfick für Wolfgang müsse schon drinnen sein. Als sie entrüstet abgelehnt habe, habe Paul ihr ins Gesicht geschlagen, sie brutal auf den Bürotisch geworfen und festgehalten. Dann habe Wolfgang sie einfach genommen. Sie habe verzweifelt geschrien und getobt und sich gegen die widerlichen Typen gewehrt, aber es sei niemand zu Hilfe gekommen, sie hätten draußen nur die Musik lauter gedreht. Dann hätten sie gewechselt. Wolfgang habe sie festgehalten und Paul sich an ihr vergnügt. Dieter will jede Einzelheit wissen. Nicht, weil er Sabine quälen will, sondern weil er vor Wut kocht und die ganze Zeit fieberhaft überlegt, wie er es diesen perversen Schweinen heimzahlen kann.

Zwei Monate später. Ein warmer Sommerabend steht bevor, es ist ihr Hochzeitstag und Paul beabsichtigt, ihn zuhause, nur mit seiner Frau allein auf der Terrasse bei einem guten Glas Champagner, zu feiern. Er überrascht Gerti damit, dass er ungewohnt früh nach Hause kommt und auch noch einen herrlichen Strauss rote Rosen mitbringt. Als es kurz darauf an der Tür läutet und ein Cateringservice beginnt, auf der Terrasse die verschiedensten Köstlichkeiten aufzutischen, ist Gerti total aus dem Häuschen. Um dem Abend die gebührende Note zu geben, und weil sie weiß, dass Paul darauf steht, zieht Gerti das leichte, dunkelblaue Hauskleid an. Sie lassen sich viel Zeit mit dem Essen. Ausgelassen, und erst noch herumalbernd, stopfen sie sich gegenseitig die besten Bissen in den Mund, bis sich das Spiel allmählich zu einem erotischen Vorspiel entwickelt. Inzwischen ist es dunkel geworden und die Grillen beginnen, ihre immergleichen Melodien zu fiedeln. Gerti möchte tanzen. Sie legt eine CD ein und möchte Paul auffordern, doch er bittet sie, für ihn zu tanzen. Sie würde das nie tun, aber der Champagner ist ihr zu Kopf gestiegen und sie fühlt sich so herrlich beschwingt, dass sie für ihn tanzt. Er schaut ihr eine Weile begehrlich zu, dann steht er abrupt auf, fasst das Kleid am Saum und zieht es ihr über den Kopf. Sie wehrt sich nicht. Sie ist nackt unter dem Kleid, aber statt Scham zu verspüren, fühlt sie nur einen wohligen Schauer, der sich wie dichter, feuchter Nebel auf sie niederlegt.

Sabine schmerzt ihr Hinterteil. Seit mehr als einer Stunde sitzt sie schon auf dem Ast eines mächtigen Kastanienbaumes, unweit von der Villa, wo Paul und Gerti gerade Hochzeitstag feiern. Sie hat freien Blick auf die Terrasse, wo die zwei schon den ganzen Abend herumturteln. Jetzt scheint allerdings der Augenblick gekommen, auf den sie in ihrem ohnmächtigen Hass sehnsüchtig gewartet hat. Endlich kann sie es diesem Scheißkerl heimzahlen. Dieter hatte sich um einen Job bei der Werbefirma bemüht und ihn auch bekommen. Bei einigen Bierchen mit Mitarbeitern der Firma hatte er alle Details über die privaten Gewohnheiten von Wolfgang und Paul gesammelt. Sabine hatte mehr über die Beiden erfahren, als manch guter Freund von ihnen wusste.

Gerti tanzt mit wiegenden Hüften auf Paul zu und zieht ihn an der Hand hoch. Aha, sie will mit ihm tanzen – sie schürt das Feuer, das er angezündet hat. Sie stellt sich hinter ihn, schmiegt ihren nackten Körper an seinen und fängt an, ihm langsam das Hemd aufzuknöpfen. Als sein Oberkörper frei ist, widmet sie sich dem Gürtel. Langsam, behutsam, sich an seinem Körper reibend löst sie die Schnalle. Sabine drückt das leichte Kleinkalibergewehr mit aufgesetztem Nachtglas fest an ihre Schultern. Ja …, ja …, weiter so …, gleich wirst du die Überraschung deines Lebens erfahren, du Mistkerl. Durch das Glas kann sie deutlich das metallene Glitzern der Schnalle erkennen. Millimeter um Millimeter senkt sie den Lauf, bis sie Pauls Hosenschlitz im Visier hat. Gertis Finger nesteln am Reißverschluss, suchen den kleinen Halter, der sich in der Falte versteckt hat …, jetzt hat sie ihn …, behutsam und aufreizend langsam führt sie ihn nach unten. Sabines Finger krümmt sich um den Abzugsbügel, sein weißer Slip gibt ein hervorragendes Ziel. Sie drückt mit der Genugtuung ab, dass Paul wahrscheinlich nie mehr einer Frau zu nahe kommen wird. Der Schuss dröhnt in ihren Ohren nach und macht sie für einen Augenblick taub, er musste weithin hörbar gewesen sein. Doch Sabine hat keine Eile, wegzukommen. Sie lässt das Gewehr im Anschlag und beobachtet das Paar weiter. Sie genießt den Triumph und möchte seinen Niedergang bis zuletzt auskosten. Sie hatte nicht gedacht, dass es so einfach werden würde. Im ersten Moment glaubte sie, sie habe nicht getroffen, Paul steht unbeweglich da, kein Schrei, keine Panik, bis sie sieht, wie sich ein kleiner, dunkler Fleck auf dem Slip abzeichnet und er mit der Hand nach unten greift. Durch das Glas hat sie sein Gesicht deutlich vor sich. Sie sieht sein ungläubiges Staunen, wie sich das Erschrecken ausbreitet. Jetzt erst nimmt sie das Gewehr von der Schulter, packt es in die Stofftasche und klettert vom Baum. Ein paar hundert Meter weiter wartet Dieter im Wagen.

Wolfgang sitzt in der Küche seiner Villa und schlürft genüsslich seinen Frühstückskaffee. Seine Frau und die Kinder schlafen noch. Der Wetterbericht hat einen sonnigen, milden Septembertag vorausgesagt und so wird es auch werden, denn die ersten Sonnenstrahlen tasten sich schon vorsichtig durch die Sprossenfenster. Er hatte sich gestern mit einem Geschäftspartner für eine Golfrunde verabredet. Vereinbart hatten sie zehn Uhr im Golfklub. Doch Wolfgang schätzt es gar nicht, unaufgewärmt in eine Partie zu gehen, schon gar nicht mit einem Partner, der mit einem besseren Handicap gegen ihn antritt. Also hatte er sich für eine Aufwärmrunde um halb acht eingetragen. Um zwanzig nach sieben betritt er das Klublokal und geht sofort zu den Umkleideräumen. Noch ist niemand hier, das Klubheim öffnet erst um neun, abgesehen davon ist wochentags um diese Zeit sowieso kaum jemand anzutreffen, weil die meisten der passionierten Golfspieler dieses Klubs schon in einem Alter sind, wo man es gemütlicher nimmt.

Wolfgang schließt die Räume wieder ab und macht sich mit seinem Trolley-Cad auf den Weg zum dritten Loch. Der Abschlag dort ist leicht hängend und abschüssig – man muss den Ball über einen kleinen Teich befördern, der wiederum vor einem Hügel liegt, und hinter dem Hügel liegt ein versteckter Bunker. Wenn man also zu weit schlägt, verschwindet der Ball dort im Sand und ist nur mühsam wieder herauszubringen. Wolfgangs erster Schlagversuch endet mit einem Fluch und damit, dass der Ball im Teich zwischen dem Schilf verschwindet. Er setzt dass Tee neu und wechselt das Holz. Der nächste Ball bekommt genug Drive um auf dem Hügel zu landen. Wolfgang startet den Trolley und trabt zufrieden hinter ihm her, umrundet den Teich und setzt auf den Hügel zu, als er vom nahen Wäldchen einen Jogger auf sich zukommen sieht. Was hat denn dieser Idiot hier zu suchen?

Jogger haben auf dem Golfplatz nichts verloren, und er überlegt sich gerade, wie er ihn zusammenstauchen soll. Er geht jedoch weiter und als er auf dem Hügel steht, sieht er, dass der Ball über den Hügel hinab in den Bunker gerollt ist und dort hell glänzend im Sand liegt. Er sucht sich gerade ein anderes Eisen, ein Sand-Wedge, aus dem Bag, als er eine helle Frauenstimme hinter sich vernimmt:

„Guten Morgen!" ruft sie freundlich.

Wolfgang, verärgert über den Störenfried, dreht sich blitzschnell um und macht den Mund auf, um ihr ordentlich die Golfregeln herunterzulesen, doch als er in das hübsche Gesicht der rothaarigen, jungen Lady sieht, die ihn auch noch mit einem gewinnenden Lächeln anstrahlt, reicht es nur für ein schwaches:

„Hallo, guten Morgen!"

„Entschuldigen Sie bitte, dass ich hier so aufkreuze, aber ich laufe jeden Tag um diese Zeit hier vorbei, nur leider sehe ich nie jemanden –und heute dachte ich, als ich Sie hier gesehen habe – das ist eine einmalige Chance, mal jemandem zuzusehen. Wissen Sie, ich interessiere mich sehr für Golf – nur eben …", sie reibt Daumen und Zeigefinger aneinander, „Sie wissen schon …!" erklärt sie ihm charmant.

„Ach so – na ja, üblicherweise darf hier außer den Golfspielern niemand herumlaufen – aber ich denke, wir machen mal eine Ausnahme – leider kommen Sie zu einem schlechten Abschlag, hier können Sie kaum was lernen – einen Ball da hinauszubringen ist Arbeit und hat nichts mit einem elegantem Abschlag zu tun." Wolfgang lacht und geht zu seinem Trolley um sich ein schwereres Eisen zu holen.

Die junge Frau deutet auf das Bag und fragt:
„Würden Sie mir mal zeigen, wie man mit so was umgeht?"

„Klar, kommen Sie, stellen Sie sich hier direkt vor mich" Sie stellt sich etwas unbeholfen vor Wolfgang hin, spürt seinen Atem am Hals und wie sich sogleich die Nackenhaare aufstellen.

„Gut so …, nun nehmen Sie das Eisen – das ist übrigens ein Silverline-Titan-Eisen – in beide Hände …, so – die Beine in leichter Grätschhaltung …, und jetzt noch ein bisschen in die Knie …, ja, prima." Wolfgang übernimmt die Führung ihrer Arme, um ihr den gleichmäßigen Schwung vorzuführen. Er ist jetzt so nah, dass sie seine Haut riechen kann. Während sie immer noch das harmonische Rund ihrer Schwünge zu kontrollieren scheint, provoziert sie ihn, wiegt ihr Becken hin und her und reibt den Hintern an seinem Geschlecht. Wolfgang ist irritiert. Sein Verstand sagt ihm: Nein. Doch dieser knackige Hintern suggeriert ihm was anderes. Als Sabine merkt, dass er sich näher an sie drückt und seine Erektion offenbar nicht mehr unter Kontrolle halten kann, löst sie sich von ihm und entfernt sich zwei Schritte.

„Würden Sie sich bitte mal in der richtigen Haltung vor mich hinstellen – ich glaube, ich bin zu verkrampft", sagt sie zweideutig lächelnd. Wolfgang grinst, doch dann tut er das, was er immer tut, wenn er abschlägt – er nimmt Grätschhaltung ein und geht leicht in die Knie. Sabine schwingt das 400 Gramm schwere Eisen mit beiden Händen hoch und fragt:

„Ist das richtig so für einen kräftigen Abschlag?"

„Ja, das ist schon sehr gut so – vielleicht noch ein bisschen höher …, und Oberkörper gerade!"

Als Wolfgang in Sabines hasserfüllte Augen sieht, ist es bereits zu spät. Das Titaneisen landet mit ungeheurer Wucht zwischen seinen Beinen. Sabine wirft das Eisen angewidert beiseite. Die Qualen für Wolfgang werden früh genug, und vor allem lange genug einsetzen. Vorläufig hat ihn die Ohnmacht von den Schmerzen erlöst. Sie joggt zufrieden in das Wäldchen zurück und steigt zu Dieter in den Wagen.

Leben schmeckt anders

Roberto lief wie ein aufgeschrecktes Huhn in der Küche hin und her und zog nervös an seiner Zigarette. Zum wiederholten Male ging er den Text durch, den er für seine Dankesrede heute Abend vorbereitet hatte. Ein großer Tag. Sein größter Tag genau genommen, denn heute sollte er den Höhepunkt seiner Karriere erklimmen.

Es war Freitag, der 21. Dezember. Dr. Barletto, Seniorchef der ATTIVITA SA, hatte angekündigt, dass er die Mitarbeiter anlässlich der Weihnachtsfeier über die neue Personalsituation informieren wolle. Roberto Carlacci sollte neuer Finanzchef werden, Nachfolger von Carlo Vico, der seinen Ruhestand antrat. Wie schon die letzten drei Jahre waren alle Mitarbeiter mit ihren Gattinnen oder Freundinnen zur Weihnachtsfeier ins Restaurant „Danubio" eingeladen. Ein nobles, sündhaft teures Schlemmerlokal außerhalb von Udine, umgeben von Weinbergen mit einem traumhaften Ausblick. Ein tolles Ambiente und das Beste, was Küche und Keller zu bieten hatten, waren diesem Anlass gewiss und Roberto fühlte sich wohlig aufgekratzt, denn abgesehen von der happigen Gehaltserhöhung würde er mit einem Schlag in der Udineser Gesellschaft etabliert sein. Finanzchef über das größte Wirtschaftsberatungsunternehmen in Friaul, Boss über eine Finanzwelt zu sein, die nicht nur im ganzen Land angesehen, sondern auch mit einem Image verbunden war, das in höchstem Masse Seriosität und Integrität vermittelte, war schließlich nicht irgendwas. Und diese Chance bekam auch nicht irgendwer.

Er war gespannt, was Clara anziehen würde. Er hoffte sehr, sie würde sich für das schwarze Kleid entscheiden, das er ihr im Sommer zum Hochzeitstag geschenkt hatte. Das Kleid war raffiniert geschnitten, auf der linken Seite am

Schenkel hochgerafft und betonte ihre zierliche Figur und die zarten Rundungen perfekt. Der Blick auf den halb entblößten Schenkel von Clara würde die Kollegen ins Schwitzen bringen, da war er sich sicher. Er genoss es von Mal zu Mal mehr, wenn ihn die Männer um seine Frau beneideten.

Roberto hörte Clara im Bad hantieren und lächelte in sich hinein. Er konnte nach all den Jahren immer noch nicht verstehen, wie viel Zeit sie jedes Mal im Bad benötigte. Doch mittlerweile hatte er sich daran gewöhnt. Anfangs, als sie zusammengezogen waren, hatte er sich noch geärgert, wenn er ein halbe Stunde auf sie warten musste, mittlerweile verbrachte er die Zeit nicht mehr mit warten, sondern beschäftigte sich mit irgend etwas. Wenn sie fertig war, war sie eben fertig. Auf dem Küchentisch lag der Zettel mit seiner Rede. Sollte er ihn sicherheitshalber einstecken? Nein, es wird schon gut gehen, überlegte er. Dann wird's halt eben kurz, wenn ich was vergessen sollte. „Sehr geehrte Vorstandsmitglieder, Herr Präsident, verehrte Kollegen und Kolleginnen ..." Er stellte sich an den Tisch und hielt mit beiden Händen die Tischkante fest. Ja, so würde er es auch am Abend machen, dabei blieben die Hände ruhig und er könnte sich an etwas festhalten. Claras Stimme tönte aus dem Schlafzimmer von oben und unterbrach ihn:

„Schatz, ich bin soweit, können wir gehen?"

Jetzt war es also soweit und sogleich stellten sich ihm die Nackenhaare auf. Er spürte, wie er anfing zu transpirieren, wie ihm die Schweißperlen aus den Achseln tropften. Ruhe, Roberto, bitte, bitte beruhige dich jetzt, redete er sich zu. Rasch lief er nach oben und wusch sich so gut es ging mit offenem Hemd. Ein verschwitztes Hemd – wie peinlich! Clara kam mit dem Mantel auf dem Arm aus dem Schlafzimmer und redete beruhigend auf ihn ein: „Lass los, entspann dich Roberto – denk' dran, es ist ein freudiger Anlass, absolut kein Grund zu Panik. Du hast doch schon viel größere Aufregungen durchgestanden!"

Er band sich die Krawatte zurecht und knöpfte sich das Hemd wieder ordentlich zu. „Ja, ich weiß mein Schatz, aber dagegen bin ich machtlos, es ist einfach da – gut, gehen wir, es wird schon werden."

Auf dem Parkplatz beim "Danubio" angekommen, sah er am Wagenpark, dass sowohl die Vorstandsmitglieder als auch schon der Großteil der rund sechzig Angestellten anwesend sein mussten. Er nahm Clara an der Hand und lief mit ihr, so rasch es das vereiste Kopfsteinpflaster zuließ, zum Eingang, wo ihnen ein höflicher Kellner augenblicklich die Mäntel abnahm. An der Tür prangte ein Plakat, auf dem zu lesen war, dass das Lokal heute nur für eine geladene Gesellschaft geöffnet habe. Im Foyer schlug ihnen lautes Stimmengewirr entgegen. Klar, nach zwei, drei Gläschen Sekt werden die Leute gesprächig und plaudern munter drauf los, reden manchmal dummes Zeug und auch über Dinge, die ihnen am nächsten Tag schon wieder Leid taten. Dr. Barletto hielt ein Glas in der Hand und stand mit der übrigen Geschäftsleitung an der Theke. Er sah sie als erstes reinkommen, stellte das Glas ab und kam sofort auf sie zu. Er begrüßte zuerst Clara mit einem charmanten Lächeln und einem Kompliment, dann wandte er sich an Roberto:

„Signore Carlacci, schön, dass Sie da sind – ich freue mich ehrlich gesagt richtig auf den heutigen Abend – und für Sie – dass Sie es geschafft haben!"

„Danke, Dottore, es ist mir eine Ehre – und erst Recht wird es mir ein Vergnügen sein, unserer Firma diese solide Basis zu erhalten und ich kann Ihnen heute schon versprechen, dass ich mein Bestes tun werde, um sie noch zu verbessern."

„Das weiß ich, Signore Carlacci, das weiß ich – darum habe ich Sie schließlich auch vorgeschlagen …, aber kommen Sie, da gibt es was zu trinken." Mit einer freundschaftlichen Geste winkte er Roberto und Clara mitzukommen.

Der Speisesaal war bis auf den letzten Platz belegt. Carola, die Sekretärin von Dr. Barletto hatte schmucke Tischkärtchen gebastelt und auf Anweisung seiner Gattin die Sitzordnung festgelegt. Die acht großen, ovalen Tische waren U-förmig aufgeteilt. Sie waren mit üppigen, weihnachtlichen Gestecken geschmückt.
Roberto und Clara fanden ihren Platz am Tisch direkt neben dem Vorstand. An ihrem Tisch saßen außerdem noch die Abteilungsleiter für Marketing, Kundenaquisation und Produktentwicklung, jeweils in Begleitung ihrer gestylten Gattinnen.

Am Tisch hinter ihnen nahmen eben seine Kollegen aus der Finanzabteilung Platz. Klare Verhältnisse, nicht nur in der Firmenstruktur. Nach einer Viertelstunde Geplänkel wurden die Antipasti aufgetragen und fast augenblicklich verebbte der Lärmpegel, als hätte man allen gleichzeitig den Mund gestopft. Dr. Barletto sah in dieser Stille offensichtlich eine Art Aufforderung zu seiner Ansprache und ging zum Mikrofon nach vorne. Roberto, wie die meisten anderen auch, ließen den Wortschwall über Wachstum, Kundenservice, Dynamik in einem modernen Unternehmen, Mitarbeitermotivation und dergleichen mehr wie brackiges Wasser über sich hinweg schwappen. Dabei war es nicht einmal wegen der monotonen Stimme und der einschläfernden Vortragsweise, es war ganz einfach dasselbe Gelaber, was sie schon letztes Jahr und vorletztes Jahr gehört hatten. Worüber sollte ein Präsident bei einer

Jahresabschlussfeier sonst auch reden. Nach etwa zehn Minuten war es dann doch soweit.

Roberto rutschte unruhig auf seinem Stuhl hin und her und wusste von Augenblick zu Augenblick weniger, was er mit seinen Händen anstellen sollte, bis er sich entschloss, Clara den Arm um die Schultern zu legen. Obwohl er es nie zugegeben hätte, glichen seine Nerven überspannten Saiten, die kurz davor standen „bing" zu machen. Das Abrackern der letzten Jahre hatte sich nun doch gelohnt. Die vielen Überstunden für Meetings und die perfekten Vorbereitungen für die Budgetsitzungen waren nicht umsonst gewesen. Er hatte es den Jungspunden gezeigt. Mit seinen neunundvierzig Jahren war er erfahren genug, um sich nicht mehr mit den jungen Hitzköpfen anzulegen. Seine Kollegen aus der Finanzabteilung waren zwar fast ausnahmslos Akademiker und prahlten mit viel theoretischem Wissen, doch für die fachlich kompetenten Entscheidungen fehlten ihnen zweifellos Reife und Erfahrung.

Dr. Barletto machte eine kurze Pause und als er wieder anfing zu sprechen wurde seine Stimme noch leiser. „Geschätzte Mitarbeiter, verehrte Damen und Herren ..." Endlich kommt er zum Thema, dachte Roberto. Die Köpfe, die vorhin noch gelangweilt in die Weingläser gestarrt hatten, wandten sich ruckartig Richtung Mikrofon. Nur ein paar unterdrückte Räusperer waren noch zu hören. Auf Dr. Barlettos Gesicht bereitete sich angesichts der dramatischen Stille ein amüsantes Lächeln aus. Er senkte die Stimme noch mehr und genoss es sichtlich, in die gebannten Gesichter zu schauen. Noch einmal fing er an: „Geschätzte Mitarbeiter, ich sehe Ihnen an, dass Sie das, was ich jetzt sagen werde, im Moment mehr interessiert als unsere Geschäftspolitik im allgemeinen, darum will ich Sie nicht länger auf die Folter spannen. Der Vorstand hat sich gestern noch einmal zu einer außerordentlichen Sitzung zusammengefunden um über die anstehenden Personalentscheidungen zu beraten ..." Pause. Oh verdammt, was ist jetzt wieder los, sie werden sich doch nicht im letzten Moment für jemand anders entschieden haben, fuhr es Roberto siedendheiß durch den Kopf.

„Nach reiflicher Überlegung – und ich kann Ihnen versichern, wir haben es uns nicht leicht gemacht – hat sich der Vorstand für einen neuen Finanzchef entschieden ..."

Na ja, das wissen wir doch alle – komm, endlich raus mit dem Namen. Seine Stimme erhob sich zu einem feierlichen Crescendo, als er weiter sprach:

„...und ich habe das Vergnügen, Ihnen heute den neuen Abteilungsleiter für Finanzen – Dr. Alessandro Costa, vorzustellen ...!"

Roberto wartete das Ende des Satzes nicht mehr ab. Mit einem jähen Satz sprang er auf, riss Clara mit sich hoch und stürmte auf den Ausgang zu. Neben ihnen hörte er den Marketingchef rufen: „Was ist denn los, Roberto, was hast du vor?" Dieser verdammte Scheißkerl. Wenigstens hätte man ihm vorher Bescheid sagen können. So eine Farce! Ohne Rücksicht darauf, dass Clara mit ihren hochhackigen Schuhen und dem engen Kleid nicht so große Schritte machen konnte und mehrmals stolperte, zerrte er sie zur Garderobe, riss die Mäntel herunter und rannte die Stufen hinunter zum Parkplatz. Er bekam noch mit, wie ihm Dr. Barletto nachgelaufen kam: „So warten Sie doch, Signore Carlacci, bitte ..., kommen Sie zurück!" Doch Roberto hatte so eine Wut im Bauch, dass ihn keine Macht der Welt zurückgehalten hätte. Am liebsten wäre er in Tränen ausgebrochen. Auf der Heimfahrt sprachen sie kein Wort miteinander und als Clara anfangen wollte, mit ihm zu sprechen, unterbrach er sie mit einem zerknirschten: „Nicht jetzt!"

Zuhause angekommen ging er schnurstracks zur Vitrine ins Wohnzimmer, warf den Mantel auf die Couch und füllte sich ein Glas halbvoll mit Whisky. Mit zittrigen Fingern zündete er sich eine Zigarette an. Erst als er einen tiefen Zug genommen und das Glas geleert hatte, entfuhr ihm ein ordinärer Fluch. Mein Gott, dachte Clara, zum ersten Mal, seit weiß ich wie viel Jahren, hat er wieder einmal Tränen in den Augen, und er tut nichts um sie zu verbergen. Plötzlich sah sie wieder das große Kind vor sich stehen, wie damals. Gerade wegen diesen Gefühlen, die er früher noch öfter zeigen konnte, liebte sie diesen Mann. Jetzt auf einmal waren sie wieder da und Clara fühlte, wie sich ihr Herz zusammenzog. Sie hätte ihm so gerne geholfen, irgendetwas für ihn getan. Roberto kramte nach einem Taschentusch und wischte sich übers Gesicht, dann machte er seinem Ärger Luft und legte los:

„Ausgerechnet dieses aufgeblasene Arschloch Costa, der widerlichste Wichtigtuer der ganzen Firma – kein Wort haben sie zu mir gesagt, verstehst du, kein Sterbenswörtchen! Und dieser Schleimer Barletto sagt noch ‚Ich freue mich für Sie, dass Sie es geschafft haben'. Was habe ich denn geschafft, kannst du mir bitte mal erklären, was das sein soll?"

Clara unternahm keinen Versuch, ihn zu besänftigen. Es war im Augenblick absolut zwecklos. In seiner Verfassung war es das Beste, von dem brodelnden Dampfkessel einmal den Überdruck abzulassen. Irgendwann würde sich das ganze wieder einrenken, später – morgen vielleicht, wenn er wieder nüchtern war und klar denken konnte, würde sie ihm zeigen, dass davon die Welt nicht unterging. Das Handy läutete schon zum zweiten Mal, doch Roberto nahm nicht ab. Als es zehn Minuten später erneut klingelte, stellte er es ab und stopfte es wütend in seine Aktentasche.

Kurz vor sechs Uhr erwachte er mit einem ordentlichen Brummschädel. Das zweite Glas Whisky hätte er doch nicht mehr hinunterstürzen sollen. Die Augen geschlossen, lag er auf dem Rücken und ließ das peinliche Geschehen des gestrigen Abends noch einmal vorbeiziehen. Was soll ich jetzt verdammt noch mal machen? In die Firma gehe ich auf keinen Fall, nicht nach dieser Blamage. Ein Spießrutenlaufen wird das – durch all meine lieben Kollegen! „Aber Signore Carlacci", würden sie heucheln, „was war denn gestern mit Ihnen los? War Ihnen nicht gut?" Und der neue Finanzarsch erst! Der würde ihm mit einem süffisanten Grinsen entgegenkommen: „Das war eine tolle Vorstellung gestern, Signore Carlacci, tut mir Leid für Sie! Übrigens, wenn sie mich brauchen, ich bin jederzeit für Sie da – allerdings liegt mein Büro jetzt eine Etage höher …, Kopf hoch, Carlacci, wird schon wieder!"

Nein, auf diese Art Ansprache wollte und konnte er gut und gerne verzichten. Diese Genugtuung gönnte er keinem der Pfeifen. Nachdem er den Entschluss gefasst hatte, nicht mehr in die Firma zu gehen, stieg er aus dem Bett und begab sich ins Bad. Clara schlief noch fest. Er drehte den Wasserhahn auf und ließ sich minutenlang kaltes Wasser über den Kopf laufen. Allmählich verebbte das Pochen in seinem Schädel zu einem erträglichen Wummern, doch es änderte nichts an seinem psychischen Zustand. Er fühlte sich betrogen und aufs Tiefste gedemütigt. Außerdem war er angeschlagen und einfach fertig, so fertig wie man nur sein konnte. Die letzten Wochen, ja Monate hatten ihn geschlaucht und dunkle Ringe unter den Augen hinterlassen, wie er mit Schrecken feststellte. Urlaub bräuchte er, Erholung! – Ja, verdammt noch mal, warum denn eigentlich nicht jetzt gleich, sofort? Das war doch die Idee um aus dem Schlamassel, wenigstens vorläufig, raus zu kommen! Soll doch die ganze Kacke ausdampfen – bis in zwei drei

Wochen wird sich schon was ergeben! Rasch lief er zurück ins Schlafzimmer, gab Clara einen herzhaften, nicht gerade zärtlichen Kuss auf die Wange und rüttelte sie an der Schulter:

„Schatz, komm, wach auf, wir fahren in den Urlaub!" Es sollte aufmunternd wirken und ein bisschen Aufbruchstimmung vermitteln, doch Clara teilte seinen Enthusiasmus nicht.

„Was ist los?", murmelte sie schlaftrunken, nicht im Geringsten daran interessiert, auch nur ein Augenlid anzuheben.

„Wir fahren in die Toskana zu unserer Nona Anna ..., komm schon, Schatz, wach auf!" redete er ungeduldig weiter auf sie ein.

Clara drehte sich genüsslich auf die andere Seite und nuschelte unter der Decke, allerdings schon um eine winzige Spur aufmerksamer:

„Träumst du oder träum ich? Wir können doch nicht einfach so auf Urlaub fahren, was ist mit deinem Job?" Roberto legte sich neben sie und streichelte gedankenverloren über ihre Haare.

„Der ist mir im Moment scheißegal, entschuldige bitte, aber es ist so – und von mir aus können sie mich rauswerfen, ich brauche jetzt erst mal Abstand von allem und ein bisschen Ruhe."

Clara merkte, dass er es ernst meinte. Sie warf die Bettdecke zur Seite, beugte sich über ihn und küsste ihn lange und zärtlich.

„Du meinst das wirklich im Ernst, ja? Du willst also gleich jetzt losfahren? Gut, ich bin dabei, aber ein halbes Stündchen gibst du uns schon noch, oder?" fragte sie keck und zog dabei seelenruhig ihr Nachthemdchen über den Kopf.

Nach knapp vier Stunden Fahrzeit waren sie fast am Ziel. Als sie die Ortstafel von Massa Marittima hinter sich gelassen hatten und sich auf einer Nebenstraße dem bäuerlichen Anwesen näherten, gerieten die Abläufe des gestrigen Tages immer weiter in die Ferne. Roberto war die freudige Erregung anzusehen und Clara gönnte es ihm von Herzen. Er kurvte die regennasse, einspurige Straße durch die sanften Hügel auf die Anhöhe zu, auf der das Weingut der Botticellis lag. Links und rechts säumten kilometerweit Olivenhaine den Weg. Erst ein paar hundert Meter vor dem Anwesen lösten lange Reihen von Rebstöcken die Olivenplantagen ab.

Clara fröstelte. Sie konnte sich noch nicht recht vorstellen, was sie zu dieser nasskalten Jahreszeit hier eigentlich wollten: „Was ich dich noch fragen wollte, Roberto – wieso wolltest du gerade hier Urlaub machen – mitten im Winter?"

Roberto lachte: „Ich hab mich schon gewundert, warum du nicht eher gefragt hast." Dann wurde er wieder ernst: „Das kann ich dir ganz einfach erklären. Ich wollte erst mal weg, aber nicht in irgendein anonymes Zimmer und wo es von Touristen wimmelt, sondern in eine vertraute Umgebung mit Menschen, die mir wohl tun. Und da fiel mir unsere Nona ein und ich dachte mir; Wir waren schon so oft hier, warum nicht einmal im Winter, wenn sie Zeit hat und keine Gäste betreuen muss. Bestimmt freut sie sich – sie ist ja jetzt auch allein, seit ihr Mann letztes Jahr gestorben ist … meinst du nicht?"

Clara seufzte: „Ja, die arme, sie wird's auch nicht gerade leicht haben … du hast Recht, vielleicht ist sie wirklich froh darüber, dass wir gerade jetzt, zu Weihnachten, kommen."

Roberto nahm die letzte Kurve über eine Kuppe und bog in die Einfahrt. Es regnete nicht mehr, aber ein eiskalter, böiger Wind strich vom Osten her. Clara fing sofort an zu frieren als sie nur die Wagentür öffnete und griff nach der Windjacke am Rücksitz. Roberto blieb erst einmal stehen und sog die frische Luft tief in sich hinein. Dann zog er sich den Kragen vom Pullover hoch und lief gemächlich zum Eingang des Haupthauses. Clara hatte es eiliger gehabt und wartete bereits an der Tür. In diesem Moment öffnete Anna Botticelli und schaute sie verdutzt an. Bevor sie zu einem Gruß ansetzen konnten, legte sie los:

„Um Gottes willen, was macht ihr denn um diese Zeit hier?"

„Scusi Signora, wir sind auf der Suche nach einem Zimmer, haben Sie etwas frei?" scherzte Roberto und umarmte sie herzlich.

„Sie wollen mich wohl auf den Arm nehmen, junger Mann – Sie können das ganze Haus haben – willkommen bei Nona Anna", lachte sie und ihr rundes Gesicht strahlte dabei aus allen Runzeln.

Nachdem sie das Gepäck auf das Zimmer gebracht und sich kurz unter die Dusche gestellt hatten, suchten sie Anna in ihrer Küche auf. Frisch aufgebrühter Kaffe duftete ihnen entgegen und auf dem Tisch stand eine Nusstorte bereit, als hätte sie nur darauf gewartet, dass sie daherkämen. „Au fein, eine Baumnusstorte!" rief Clara erfreut. Hungrig, wie sie waren, putzten sie die halbe Torte im Nu weg. Anna hatte die helle Freude an ihrem Appetit. Endlich waren wieder Leute im Haus, die sie bekochen durfte.

„Jetzt aber mal im Ernst – warum seid ihr hier? Doch nicht um die schöne Landschaft zu genießen – was ist passiert?"

Von einem Moment auf den anderen war Robertos gute Laune beim Teufel. Der Beton in seinem Magen breitete sich mit zäher Beharrlichkeit aus. Statt eine Antwort zu geben fixierte er stur die braune Brühe in der geblüm-ten Porzellantasse und schwieg trotzig. Anna ließ ihm Zeit und drängte nicht weiter in ihn. Nach einer Weile gab er sich einen Ruck und fing an zu erzählen und holte dabei weit aus. Clara staunte nicht schlecht, als er ihr seine ganze Geschichte erzählte. Nicht nur vom gestrigen Abend, er breitete seine ganze Lebensgeschichte vor ihr aus. Es brach aus ihm heraus, gerade so als wäre sie seine Mutter und er noch ihr kleiner Junge. Clara gewann alsbald den Eindruck, dass ihn manches, was er jetzt loswerden wollte, schon jahrelang be-drückt hatte. Aber er bettelte nicht um Mitleid – nicht einmal um Verständnis, sondern redete nur drauf-los, war froh, dass ihm jemand zuhörte. Anna hatte ihn nicht ein einziges Mal unterbrochen. Auch jetzt, als sie glaubte, dass er am Ende seiner Geschichte angelangt war, fragte sie nur besorgt:

„Und jetzt, wie soll es weiter gehen?"

„Ich weiß es nicht …, ich weiß es wirklich nicht! In die Firma kann und will ich nicht mehr. Ich werde morgen ein Fax hin schicken, dass ich vorerst meine vier Wochen Urlaub nehme und mich dann wieder melde …, wie es weiter geht?", er zog die Schultern hoch, „darüber muss ich selber erst nachdenken."

„Wir werden schon irgendeine Lösung finden, mach dir mal keine Sorgen!", beschwichtigte ihn Clara. Dann wandte sie sich an Anna:

„So nun aber genug von uns, wir labern dir die Ohren voll mit unseren Sorgen, dabei hast du es sicher auch nicht einfach … erzähl' mal, wie ist es dir ergangen? Du bist doch auch nicht mehr die Jüngste …, die viele Arbeit auf dem Hof, der Wein, und dann noch die Hausgäste …, wie schaffst du das alles?

Clara hatte den Eindruck, als habe bei Anna mit ihrer Frage irgendwas getroffen und angerührt, was sie eigentlich zu verbergen versuchte. Denn auf einmal kullerten Tränen über ihre tief zerfurchten Wangen. Trockene Tränen …, kein Schniefen, kein Schluchzen begleiteten sie.

„Mein Gott, Clara, da gibt es wirklich nicht viel zu erzählen. Seit Carlos Tod vorletzten Sommer geht alles nur noch drunter und drüber. Nein, Clara, ich schaff' es nicht mehr. Zuerst dachte ich noch, es geht schon irgendwie, versteht ihr ..., mit den Nachbarn und ein paar alten Freunden, dann war ich aber bald nur mehr imstande, das Wichtigste zu tun", resigniert blickte sie auf die fahlgrauen, faltigen Hände, die auf ihrem Schoss gebettet lagen, „ich kann mit meinen dreiundsiebzig bestenfalls noch meine Hausgäste betreuen – und auch das nicht mehr lange."

Clara und Roberto schauten sich vielsagend an. Ihre Nona, der nie etwas zu viel oder gar zu anstrengend war, die ihren Hof so picobello im Schuss hatte, sollte auf einmal schlapp machen? Roberto überlegte lange, bevor er etwas sagte. Er verglich seine Lage mit der von Anna und musste sich eingestehen, dass er, obwohl mehr als zwanzig Jahre jünger, jetzt schon abgewrackt und müde war, und dass er bei weitem nicht der einzige war, der vor den Trümmern seines Lebenswerkes stand. In diesem Augenblick bereute er schon, dass er sie vorher mit seinen Problemen überhäuft hatte.

„Hast du dir schon überlegt, was du tun möchtest, Anna?"

„Ja, das habe ich", sagte sie leise, als ob sie sich dafür schämte, „Ich werde den Hof verkaufen und mir in Massa eine kleine Wohnung anschaffen. Was soll ich sonst machen, ich hab' ja keine Verwandten, keine Kinder – wozu soll ich mich noch abrackern?" Sie bemühte sich, stark zu sein, doch Clara fühlte, dass ihr Herz dabei bluten musste. Der Anblick der alten Frau rührte sie zutiefst. Sie drückte ihren Arm:

„Ach Gott, Anna, das tut uns Leid."

Betretenes Schweigen herrschte. Das hatten sie nicht erwartet. Dies würde sozusagen ihr letzter Aufenthalt hier gewesen sein. Unmöglich! Roberto stand auf: „Hör zu, Anna" redete er beschwörend auf sie ein, „wenn du irgend-etwas brauchst, oder wir dir helfen können – sag es uns bitte, ja? Wir tun das wirklich gerne, außerdem haben wir jetzt sowieso nichts zu tun!"

Sie berieten noch eine Zeit lang, was das Anwesen mit den 6 ha Weingut und dem zwölf Gästezimmer großen Haupthaus Verkaufswert hätte, und wie man so ein Gut am gewinnbringendsten an den Mann bringen könnte. Leicht würde es nicht werden, denn immer weniger junge Leute interessierten sich für das Landleben und die beschwerliche Arbeit im Weinanbau. Erschwerend für ein gutes Verkaufsergebnis war auch die Tatsache, dass in der südlichen Toskana Dutzende Weingüter und halb verfallene Häuser zu Spottpreisen zum Verkauf standen. Den Investoren kam es nicht darauf an, ob Haus und Hof mit viel Liebe und Herzblut gepflegt worden waren, und es kam ihnen auch nicht darauf an, welche Leute dort ihr Zuhause hatten oder gar ihr Lebenswerk hinter sich lassen mussten. Meistens ging mit dem Wechsel der Eigentümer auch schon der Einsatz eines Bulldozers einher. Clara und Roberto dachten mit Schaudern an so eine Möglichkeit – nicht auszudenken, wie es Anna dabei gehen würde.

Ihre Köpfe rauchten und schließlich bat Clara Roberto, mit ihr einen Spaziergang zu unternehmen. Sie entschlossen sich, den Feldweg hinter dem Haupthaus hinauf zu laufen. Er führte auf den höchsten Punkt der Anhöhe. Links und rechts fielen die Hänge, bestückt mit tausenden Reben, sanft zu beiden Seiten ins Tal. Roberto blieb stehen und sagte:

„In knapp zwei Monaten beginnt der Winterschnitt. Wenn ich mir das so ansehe, wie viel Arbeit dahinter steckt, kann ich Anna gut verstehen."

„Ja, du hast Recht und es beschämt mich ein bisschen. Weißt du, wir waren so oft hier und haben doch im Grunde gar nicht richtig geschätzt, dass wir hier ein zweites Zuhause hatten. Wir haben immer alles als selbstverständlich angenommen. Verstehst du, was ich damit sagen will? Carlo und Anna verwöhnten uns jedes Mal – trotz der vielen Arbeit – und uns war nur wichtig, dass es uns gut ging. Was haben wir eigentlich für diese Freundschaft getan? Haben wir je nachgefragt, wie es ihnen geht, ob wir etwas für sie tun können? Ich kann mich jedenfalls nicht erinnern - und jetzt das! Wir sind wieder zu spät!

„Ja, ich weiß, mir tut es auch Leid, Clara – mir ist vorhin genau dasselbe durch den Kopf gegangen, als Anna erzählte – aber wie so oft kommt das menschliche zu kurz", konstatierte Roberto traurig, „vor allem im Urlaub will man keine Sorgen mit sich herum schleppen, schon gar nicht die von anderen Leuten. Aber es stimmt schon, wir hätten uns wenigstens ein bisschen um sie kümmern müssen. Jetzt stehen wir hier und staunen darüber, wie sie früher mit allem so reibungslos fertig geworden sind. Nie ein Unwörtchen, immer freundlich und zuvorkommend ..., ja, Schatz, du hast vollkommen Recht – aber jetzt bringt die Grübelei auch nichts mehr, am wenigsten für Anna."

Sie wanderten den Höhenweg über die Kuppe bis zu ihrem Plätzchen. Siehe da, die Holzbank war noch da, einige Jahre am Buckel, ziemlich verwittert und nass, aber sie war noch da. Es war ihre Bank. Hier hatten sie oft stundenlang gesessen und verträumt im Licht der sterbenden Sonne den weiten Blick über die unvergleichliche Hügellandschaft genossen. Wenn sie früher da waren, war es immer ein Fest der Sinne gewesen. Die langen Zeilen der Weinberge leuchteten im saftigen Grün und im Herbst tanzten die prächtig gefärbten Blätter im klaren Sonnenlicht. Man konnte sich gar nicht genug satt sehen davon. Doch heute sah alles ganz anders aus, es lag eine nasstriste, nebelgraue, melancholische Stimmung über allem. Die Natur trug Trauer, genau wie sie – nein falsch, sie trug nicht Trauer, sie sammelte nur neue Kraft. Roberto legte den Arm um Claras Schultern, weil er merkte, dass sie schon wieder fröstelte.

„Merkwürdig, diese Stille – diese Stimmung."

„Es ist diese Ruhe, sie macht mir fast ein bisschen Angst …" sinnierte Carla vor sich hin, „eigenartig ist es schon – der Natur gesteht man Jahr für Jahr diese Erholungsphase – sogar eine ziemlich lange – zu, in der alles still steht, sich regeneriert. Vom Mensch verlangt man, dass er funktioniert und durchläuft wie ein Motor vom Testlauf bis zum Verschrotten. Man macht mal einen Service, wechselt hier und dort etwas aus, und schon muss er wieder rund laufen."

„Genau, Carla, und deshalb frag' ich mich, ob es nicht noch was andres gibt, als Finanzchef einer Wirtschaftsberatungsfirma zu sein?" Carla sah ihn groß an.

„Was meinst du mit etwas *anderes*?"

„Zum Beispiel Weinbauer", gab er trocken zur Antwort.

„Spinnst du jetzt komplett?"

Er drehte sich zu ihr, drückte sie an sich und schaute ihr dabei tief in ihre grüne Flammen blitzenden, weit aufgerissenen Augen, strahlte sie mit all seinem Charme an und eröffnete ihr seine Absichten:

„Hör zu, es ist nur so ein Gedanke, der mir durch den Kopf schießt …, du hältst mich bestimmt für verrückt, Schatz, aber was würdest du davon halten, wenn wir einfach hierher ziehen und Anna den Hof abkaufen? Warum sollte etwas, wovon wir schon so oft geträumt haben, nicht Wirklichkeit werden? Versteh doch, so eine Gelegenheit werden wir nie wieder bekommen!"

Carla löste sich sanft aus seiner Umarmung, drehte sich um und schaute über das weite Feld von nasskalten, kahlen Weinstöcken hinunter …

„Ich weiß nicht recht, Roberto …wie soll das gehen? Wir haben doch von all dem keine Ahnung!", versuchte sie zaghaft zu widersprechen. Das ging ihr alles viel zu schnell. Gestern diese Misere und heute das! Was sie jetzt brauchte, war ein kühler Kopf und Zeit zum Nachdenken. Arm in Arm schlenderten sie langsam wieder zum Hof hinunter. Roberto sagte kein Wort mehr und ließ sie in Ruhe vor sich hinbrüten. Bevor sie jedoch an der Haustüre waren, blieb sie stehen. Ihre Miene drückte Entschlossenheit aus, als sie anfing:

„Roberto …", oh je, dachte er, das klingt eher nach Ablehnung als nach Zustimmung. Doch dann stellte sie sich vor ihm auf die Zehenspitzen, verlieh ihrer Stimme ein hochoffizielles Timbre und verkündete lautstark:

„Weißt du was – ich bin dabei, mit Haut und Haar – und mit meiner ganzen Liebe zu dir und zu diesem Stück Land!"

„Carla", jubelte er „ich liebe dich!" Dann hob er sie geschwind vom Boden hoch und wirbelte sie um die eigene Achse. „Jetzt müssen wir nur noch mit Anna einig werden – die wird Augen machen."

Anna brach in Tränen aus, als sie ihr die Neuigkeiten mitteilten. Sie gaben ihr ein wenig Zeit, um sich wieder zu fangen. Nachdem sie ausgeschnieft und sich umständlich die Nase geschnäuzt hatte, erklärte sie sich natürlich sofort damit einverstanden und war Feuer und Flamme für das Vorhaben. Roberto fragte sie, was sie für das Anwesen haben wolle und geriet fast aus dem Häuschen, als sie ihnen ihre Vorstellungen verriet. Anna wollte keine Abfindung – nicht von ihnen, betonte sie mit aller Strenge, das käme gar nicht in Frage. Sie begnüge sich mit einer kleinen Leibrente und lebenslangem Wohnrecht, sagte sie. Sonst brauche sie doch nichts. Und solange sie dazu imstande sei, würde sie gerne im Haushalt mithelfen – aber ein bisschen Familien-anschluss sei ihr schon wichtig, meinte sie freudestrahlend. Roberto ließ es sich nicht nehmen und bestand auf einen ordentlichen Vertrag. Sofort am nächsten Tag fuhren sie zum Notar und ließen ihn aufsetzen. Schon am späten Nachmittag sollten sie wiederkommen zur Unterschrift. Währenddessen ließen sie sich zu Dritt von Angelo im „Gallo nero" mit einem, dem Anlass würdigen, opulenten Gericht verwöhnen und begossen den Abschluss ordentlich.

Für Roberto und Carla brach eine hektische Zeit an. Roberto wollte wie immer alles gleichzeitig erledigen und Carla kam nicht umhin, ihn öfters einzubremsen. Geduld war nicht Robertos Stärke, aber eine unbändige Lust zu arbeiten, irgendetwas vorwärts zu bringen, packte ihn und trieb ihn an wie einen nestbauenden Spatz. Unermüdlich schuftete er, werkelte hier und dort, stieg tagelang zwischen den Rebstöcken herum, ersetzte da ein Pfahl, reparierte Zäune und fiel abends meistens todmüde, aber zufrieden mit sich und der Welt ins Bett. Die letzten Jahre war es ihm nur noch selten gelungen, durchzuschlafen – jetzt schlief er wie ein Murmeltier und fühlte sich morgens fit und erholt.

An einem Samstag, es waren inzwischen bereits drei Wochen vergangen, überredete ihn Carla, einen Ausflug nach Florenz zu machen. Sie wollte die Stadt einmal ohne Touristengewimmel erleben und sich in aller Ruhe die „Uffizien" anschauen. Noch nie hatten sie es geschafft. Jedes Mal, wenn sie einen Versuch unternommen hatten, standen hunderte Touristen vor dem Eingang und bei der Aussicht, inmitten dieser endlosen Schlange in die heiligen Hallen einzutauchen, verging ihnen die Lust prompt.

Um neun Uhr fuhren sie los. Zuerst wollten sie noch in der großen Markthalle frische Lebensmittel fürs Wochenende einkaufen, dann irgendwo fein speisen und am Nachmittag sollte es in die „Uffizien" gehen. Auf der Autostrada kamen sie gut voran, nur von der Ausfahrt Florenz weg staute es sich bis in die Stadt. Sie parkten wie üblich an der Piazza S. Pietro und liefen über die „Ponte Vecchia" in die Altstadt hinüber. An der Piazza S. Michele blieb Carla stehen und zeigte auf das Café „Correga". Das hieß soviel wie ‚Ich hab Lust auf einen Capuccino, komm schon'. Roberto hatte rein gar nichts dagegen einzuwenden und folgte ihr in das mondäne Café. Bereits beim Hineingehen rechnete er sich aus, was er für diesen Luxus würde blechen müssen. In diesem Laden war alles doppelt so teuer. Sie bestellten sich Kaffee.

„Willst du keinen Kuchen dazu?", fragte Carla verwundert, wo sie doch genau wusste, wie sehr er Süßspeisen liebte.

„Und ob!" Als hätte er genau auf diese Frage gewartet, erhob er sich rasch und lief zur Kuchentheke beim Eingang, um sich etwas von den Köstlichkeiten auszusuchen.

„Signore Carlacci, so eine Überraschung!" tönte es lautstark hinter ihm.

Diesen Bass kannte er doch! Das konnte nur …, rasch wandte er sich um. Hinter ihm stand tatsächlich Dr. Barletto, groß, schlaksig und völlig ungewohnt in Pullover und Cordhose. Roberto fühlte, wie ihm das Blut in den Kopf schoss. Verdammt, was tut denn dieser Mistkerl hier.

„Dottore Barletto, Sie … hier …? Machen Sie auch Urlaub?" stammelte er verlegen.

„Ach ja, natürlich …, Sie können das ja noch gar nicht wissen, ich bin ab dem 1. Jänner offiziell im Ruhestand und jetzt nehme ich mir noch den restlichen Urlaub bis Ende März." So leutselig hatte er Barletto noch nie reden gehört.

„Übrigens, Signore Carlacci – warum Sie bei unserer Weihnachtsfeier so plötzlich verschwunden sind, müssen Sie mir noch erklären – aber lassen Sie – das hat Zeit bis Sie wieder, hoffentlich gut erholt, im Büro sind." Dann legte er ihm freundschaftlich den Arm um die Schulter und raunte ihm verschwörerisch zu:

„Und noch etwas muss ich Ihnen mitteilen, Signore Carlacci – was Sie vermutlich auch nicht mehr mitbekommen haben – ich habe Sie zum neuen Präsidenten, also quasi zu meinem Nachfolger vorgeschlagen – ich hoffe, Sie können damit leben!"

Roberto drohten die Beine wegzusacken. Sein Kopf, der an Schamesröte ohnehin nichts mehr zuzulegen hatte, schien implodieren zu wollen. Herrgott noch mal, was ist die Welt doch verrückt. Wo habe ich mich da nur hineingeritten! Nicht Finanzchef – Präsident sollte ich werden! Dr. Barletto amüsierte sich offensichtlich herzhaft über seine jämmerliche Figur und Roberto stand vor ihm wie aus den Windeln gepackt und fand keine Worte des Dankes oder der Freude, stattdessen wirbelten ihm tausend Gedanken durch den Kopf.

„Das ..., das wusste ich nicht", brachte er nur mühsam heraus.

Barletto lachte schallend:

„Nun, hoffentlich habe ich Ihnen mit dieser Nachricht nicht den Urlaub versaut ..., also dann, wir sehen uns im Büro wieder – und grüßen Sie ihre Gattin schön von mir!" Mit diesen Worten ließ er Roberto stehen und lief eilig Richtung Ausgang davon.

Nach einem Stück Kuchen war ihm jetzt nicht mehr. Im Gegenteil, speiübel war ihm im Moment zumute. Er ging zur Toilette und wusch sich das Gesicht mit kaltem Wasser, bis er sich soweit gefangen hatte, dass er Carla gegenüber treten konnte.

Carla wunderte sich, wo er so lange geblieben war und noch dazu ohne Kuchen daher kam. Zur Ausrede sagte er ihr, dass er Magenschmerzen habe und deshalb auf den Kuchen wohl besser verzichte. Keine Silbe vom Gespräch mit Dr. Barletto. Carla brauchte nichts davon zu wissen. Sie hatten sich beide für das neue Leben entschieden und würden hier bleiben. Das Leben hier schmeckt einfach anders.

Sehnsucht

Träge in Gedanken an den gestrigen Tag liege ich nun hier, unter dem Geäst jenes Baumes, dessen Luft jetzt nur noch einer von uns atmet. Während die letzte Wärme der sterbenden Sonne langsam in mir erkaltet, warte ich, dass die Zeit vorüber zieht.

Denn gefangen im Pavillon der Sehnsucht entrückt mir die Wirklichkeit. Allein gelassen, verloren in meinen Träumen, nimmst du mir meinen Atem, stiehlst mir den Schlaf und jagst meine Gedanken im Kreis. Schmerzlich tief sind meine Sinne offen, wenn ich an das Zusammensein mit dir, Haut an Haut in uferloser Sinnlichkeit, denke.

Doch all das erscheint mir wie im Regenbogen einer anderen Zeit. Damals!

Als du dich, duftig und charmant, einem Zitterhalm gleich, in mein Herz geschwindelt hast. Als meine Gedanken Purzelbäume schlugen und sich mein Geist federleicht in luftige Höhen davon machte. Als dein betörender Duft noch an mir klebte wie Blütenessenz und deine Berührungen mich vor Hitze erschauern ließen.

Als wir gelben Sand zwischen unseren Zehen rieseln ließen und ich deine Wärme mehr als die Sonne spüren konnte. Als wir, vertraut nebeneinander, Halm an Halm, dem Lebenssturm trotzten.

Und ja, als meine Arme dich festhielten und nicht ins Leere griffen; als mir mehr blieb als mich zu sehnen nach der Sucht, die unsere Leidenschaft brennen ließ.

Jetzt sehe ich nur noch wo der Horizont in den Himmel wächst und die Brandung sich vor mir bäumt, aber kein Wasser umspielt mehr meine Füße.

Der Tag wird müde: Er ist ausgebrannt wie ich und senkt seine bleiernen Nachtschatten auf meine Lider. Das Lager ist weich, doch gesponnen mit den Fäden der Sehnsucht. Rasch baue ich mir mein Traumhaus. Ein Haus mit vielen Zimmern, voller Träume von dir. Ich fühle dass du da bist. Ich höre deine Stimme. Sie erweckt für einen trügerischen Augenblick mein Leben, erfüllt diesen einen Traum. Doch die Sehnsucht lässt dem Glück keinen Platz. Sie nimmt mich in ihre Fänge, ihre Klauen reißen die Zuversicht, mit der ich noch gestern gewappnet war, gnadenlos auf.

Soll sie doch! Suhlen möchte ich mich in diesen Höllenträumen, bis ich ersticke und meine Seele endgültig darin umkommt.

Was bin ich nur für eine kümmerliche Scherbe in diesem verlassenen Haus.

Du hast gesagt, ich verschlinge dich, überrolle dich. Ich würde dich verändern und dich einnebeln. Du hast mir vorgeworfen, dass ich dich pflegen und krank machen würde. Ich wolle dich aufsaugen, mir einverleiben – nun – selbstsüchtig, wie ich bin, gönnte ich niemandem, von dieser Frucht auch nur zu kosten.

Ich würde dich zuschütten wie ein Grab. Ja, das hast du gesagt! Wie ein Grab.

Du bekämest keine Luft mehr zum Atmen.

Das war billig, und du hast nichts begriffen.

Wenn ich in deine Gedanken kriechen wollte, dann doch nur, um darin zu lesen, ob es dir gut geht. Wenn ich mich an dich schmiegte, dir Schweiß und Tränen trocknete, dir nahe wie meinem eigenen Herzschlag sein wollte, dann doch nur, weil ich dir Halt und Zuversicht, wie eine tragende Rebe für das alte Gemäuer, sein wollte.

Zu lange habe ich geschlafen. Habe mich in diesen entsetzlichen Traum verirrt, den ich in unverzeihlichem Irrtum als Wirklichkeit gelebt habe. Fassungslos musste ich begreifen, einst vertraute Gesten erinnern dich nicht mehr. Dass du nicht mehr weißt, wie die Worte gingen, die uns sagten: Es ist gut!

Das Luftschloss ist geplatzt.

Staunend und mutlos stehe ich nun vor den Trümmern; denke daran, wie schlicht und klar mir alles schien, als ich noch nichts von alldem wusste. Bevor uns unbesehen das verbrannte, was wir damals unsere Liebe nannten.

Als du mich gestern verlassen hast, sagtest du nur, ich sei nicht für dich da gewesen. Unerreichbar für deine Seele hätte ich deine Hilferufe nicht vernommen.

Sie waren lautlos für mich.

Auch wenn du geschrien hast; dein Mund blieb verschlossen.

Nur gelitten hast du.

Und dann war ich wirklich nicht da, als er auf einmal bei dir war, dir mit zärtlichen Worten Blumen streute und DEINE Sehnsucht auf Rosen bettete.

Ich bin verliebt, sagst du so einfach.

Zu traurig, dass ich es auch bin.

Dann hast du mich aus deinem Leben hinausgeworfen. Die Hand eines Ertrinkenden weggezogen. Hast mich gnadenlos untergehen lassen. Nun treibe ich hilflos in den Untiefen der Dunkelheit, verzweifelt um Luft ringend.

Wie träge fließt doch dieser Tag seinem Ende zu. Ich erwäge, der Angst vor den nächtlichen Raubrittern meiner Seele zu entfliehen. Doch am anderen Ufer kann ich keine Lebenszeichen erkennen; die Lieder der Sehnsucht tönen überall gleich, hier wie dort. So mag ich nur gestrandet und nackt wie eine hässliche Tauschnecke im Staub umher kriechen, auf der aussichtslosen Suche nach einer Spur, die mich in deine Nähe führen möge.

Langsam verklingt mein Weinen.

Vergeblich, auch wenn es nicht stumm wäre.

Erwachen

Eine dunkle Müdigkeit, durchwoben mit dem Anthrazitgrau des Tages liegt noch im Zimmer als ich erwache. Das nächtliche Schwarz weicht nur zögerlich einem kühlen, trockenen, sonnenklaren Herbsttag. Durch das Rechteck des Dachfensters über meinem Bett kann ich noch die Sterne zählen, die ihre Bestimmung für diese Nacht aufgeben und nun langsam in den Tag verbleichen.

Noch etwas schlaftrunken sehe ich auf den Wecker. Er bestätigt mir mein Zeitgefühl. In zwei Minuten wird er uns mit seinem metallenen Rasseln unbarmherzig zur Tagespflicht mahnen. Wohlig rekelnd kuschle ich mich noch einmal unter die Decke, suche deine Nähe, möchte deinen Körper spüren, Haut an Haut. Du atmest noch tief und gleichmäßig. Wohl im Geborgensein der morgendlichen Stille fühlst du aber mein Näherrücken, spürst mein Wachsein, drehst dich zu mir und schmiegst dich an meine Brust. Wie sehnsüchtig ich diese Minuten der Zweisamkeit erwarte. Der Schlaf hat mir das bewusste Empfinden, dieses vertraute Gefühl, mit dir eins zu sein, wieder für eine Nacht entwendet.

Während ich, aufgestützt auf meinem Arm, geruhsam auf dein Aufwachen warte, liegt mein Blick liebevoll auf deinem Gesicht. Ein Ausdruck tiefer Ruhe und inneren Friedens hat sich darauf ausgebreitet. Das diffuse Licht untermalt dieses Bild, lässt es, in deinen Haaren eingebettet, blass und zierlich erscheinen. Der halb geöffnete Mund bringt mir die Sinnlichkeit deiner Lippen fast körperlich nahe.

Doch es ist Zeit.

Zeit, aufzustehen.